KB241994

이상한 나라의 앨리스

ALICE'S ADVENTURES IN WONDERLAND

루이스 캐럴 지음
최인자 옮김

현대문학

| 차례 |

황금빛 오후 내내 — 7

황금빛 오후 내내
우리는 한가로이 물 위를 미끄러졌네.
작은 솜씨로 노를 젓고
작은 팔을 부지런히 움직이네.
작은 손들이 헤매는 우리를 인도하려는 듯
괜한 손짓을 하는 동안.

아, 잔인한 세 자매여! 그런 시간에
그토록 몽롱한 날씨에
가장 얇은 깃털 하나도 날리지 못할 만큼
숨이 찬 사람에게 이야기를 해달라고 조르다니!
하지만 다 함께 합창을 하는 세 명의 입을
가엾은 한 사람의 목소리로 어떻게 맞설 수 있겠는가?

오만한 프리마가 퉁명스럽게 칙령을 내린다.
"어서 시작해요."
좀더 부드러운 어조로 세컨다가 소망을 말한다.
"재밌는 말장난이 들어가 있어야 해요!"
한편 테르티아는 이따금씩 이야기에
끼어든다.

문득 갑작스런 침묵이 찾아들고
그들은 공상의 날개를 펴며 꿈 속의 아이를 쫓아
새롭고 놀라운 이상한 나라를 방황하네.
새들과 짐승들과 즐거운 대화를 나누며

어쩌면 이것이 사실인지 모른다고 의심을 하네.

이야기도 떨어지고
공상의 우물도 마르면
지친 그는 화제를 바꾸려고 슬그머니
애를 쓰고
"나머지는 다음번에." "지금이 바로 다음번이에요!"
행복한 목소리들이 소리치네.

이렇게 이상한 나라의 이야기는 자라났다네.
서서히, 하나하나
괴상한 사건들이 힘들게 지어지고
이제 이야기는 끝났다네.
우리, 즐거운 선원들은 저물어가는 태양 아래에
힘들게 노를 저어 집으로 가네.

앨리스! 이 유치한 이야기를 받아줘요.
그리고 부드러운 손길로
어린 시절의 꿈들을 엮어서
기억의 신비한 띠를 만드는 그곳에
가져다 놓도록 해요.
마치 멀고 먼 나라에서 꺾어온 꽃들로 만든
순례자들의 시든 화환처럼.

제 1 장

토끼 굴에 떨어지다

Down the Rabbit-Hole

앨리스는 언니와 함께 시냇가에 앉아 있는 것이 심심하기 짝이 없었다. 할 일이 하나도 없었다. 한두 번 언니가 읽고 있는 책을 슬쩍 들여다보았지만, 그 책에는 그림도 대화도 없었다.

'그림도 대화도 없는 책을 뭐가 좋아서 읽는담?'

앨리스는 생각했다.

그래서 앨리스는 데이지꽃 화환을 만드는 일이 과연 데이지꽃을 따고 모으는 수고를 할 만큼 재미있을까 생각했지만 (무더운 날씨 때문에 너무나 졸립고 멍한 상태였기에 간신히 애를 써야 했다) 그 것도 귀찮았다. 그때 갑자기 분홍색 눈을 가진 하얀 토끼 한 마리가 앨리스 옆을 뛰어서 지나갔다.

거기까지는 그렇게 이상하지 않았다. 아니, 그 토끼가 이렇게 중 얼거리는 소리를 들었을 때만 해도 앨리스는 특별히 이상하다는 생각을 하지 못했다.

"아이구 맙소사! 아이구 맙소사! 너무 늦겠어!" (나중에 앨리스는 사실 그 장면이 매우 이상하다고 생각했다. 그러나 그때 당시에는 토끼가 말을 하는 것이 너무나 자연스러워 보였다.)

그런데 그 토끼가 정말로 자기 조끼 주머니에서 회중 시계를 꺼내서 쳐다보고, 다시 바쁘게 뛰어가는 것을 보았을 때 앨리스는 벌떡 일어섰다. 아직 한 번도 조끼를 입거나 회중 시계를 갖고 있는 토끼를 본 적이 없었으므로 호기심을 누를 수가 없었던 것이다. 앨리스는 토끼를 좇아서 들판을 가로질러서 달렸다. 그리고 곧 울타리 아래 뻥 뚫려 있는 커다란 토끼 굴을 보았다.

다음 순간 앨리스는 어떻게 다시 바깥 세상으로 나올지 생각해볼 틈도 없이 곧장 토끼 뒤를 따라 내려갔다.

그 토끼 굴은 터널처럼 쭉 뻗어 있다가 갑자기 아래로 푹 꺼져 있었으므로, 앨리스는 미처 멈출 생각을 못 했고, 어느새 한없이 깊어 보이는 굴 밑으로 굴러떨어졌다.

그 굴이 매우 깊었는지, 아니면 앨리스가 매우 천천히 떨어지고 있었는지는 알 수 없지만, 아래로 떨어지는 동안 앨리스는 여유있게 주위를 둘러보면서 다음엔 무슨 일이 일어나는 걸까 궁금해했다. 우선 앨리스는 아래를 내려다보면서 자기가 지금 가고 있는 곳이 어딘지 알아보려고 했지만, 너무 어두워서 아무것도 볼 수가 없었다. 그런 다음 앨리스는 구멍의 벽면을 쳐다보았고, 벽들이 선반들과 책장

들로 가득 차 있음을 알게 되었다. 또한 벽 이곳 저곳에 지도들과 그림들이 나무못에 걸려 있었다. 앨리스는 스쳐 지나가는 선반들 중 하나에서 병 하나를 집어들었다. 그 병에는 '오렌지 잼'이라는 딱지가 붙어 있었지만, 너무 실망스럽게도 안은 비어 있었다. 혹시 밑에 있는 어떤 사람을 죽일까봐 걱정스러워서 앨리스는 그 병을 던지고 싶지 않았다. 그래서 계속 아래로 떨어지면서 가까스로 다른 선반에 그 병을 집어넣었디.

앨리스는 생각했다.

'어머나! 이정도로 떨어지고 나면, 계단에서 굴러떨어지는 것쯤은 아무 일도 아닐 거야. 가족들은 나를 정말 용감하다고 생각할 거야! 이젠 아무 말도 하지 말아야지, 지붕에서 굴러떨어져도 말이야!' (정말 떨어지는 것쯤은 아무렇지도 않을 것 같았다.)

아래로, 아래로, 아래로. 끝이 있기는 한 걸까?

"얼마나 아래로 떨어진 걸까? 지구의 중심에 가까이 가고 있는 게 틀림없어. 그래, 6천 킬로미터쯤 내려온 것 같아." (여러분도 이해하겠지만, 앨리스는 교실에서 이런 종류의 몇가지 지식들을 배웠다. 물론 지금은 자신의 지식을 과시하기에 썩 좋은 때는 아니었다. 들어줄 사람이 아무도 없었으니까. 어쨌든 배운 것을 복습하는 건 좋은 일이었다.)

"맞아, 그쯤 내려왔을 거야. 그런데 위도랑 경도는 어떻게 계산하지?" (앨리스는 위도가 뭔지, 경도가 뭔지 전혀 몰랐다. 그렇지만 그것들에 대해서 말하는 것이 꽤 근사하게 생각되었다.)

앨리스는 다시 중얼거렸다.

"이러다가 지구를 뚫고 나가면 어쩌지! 머리를 땅바닥에 대고 걷는 사람들 가운데로 튀어나가면 얼마나 우스울까! 그런 사람들을 혐오스러운 사람이라고 하지, 아마." (이번엔 앨리스는 아무도 듣는 사람이 없어서 기뻤다. 틀린 단어를 쓴 것 같았기 때문이었다.)

"어쨌든 나는 그 사람들에게 여기가 어느 나라냐고 물어봐야겠지? 실례합니다, 아줌마. 여기가 뉴질랜드인가요, 오스트레일리아인가요?" (그리고 앨리스는 말을 하면서 무릎을 굽혀서 인사를 하려고 노력했다. 상상해보라, 허공으로 떨어지면서 무릎을 굽혀서 인사를 하다니! 여러분은 그렇게 할 수 있겠어요?)

"그러면 그 아줌마는 나를 정말 바보 같은 여자애라고 생각할 텐데! 안 돼, 절대로 물어보지 않을 거야. 아마 표지판 같은 게 눈에 띌지도 몰라."

아래로, 아래로, 아래로. 떨어지는 것밖에는 달리 할 일이 없었으므로, 앨리스는 곧 다시 혼잣말을 하기 시작했다.

"다이나가 오늘 밤에 나를 무척 찾을 텐데. 내가 왜 그 생각을 못 했지!" (다이나는 고양이다.)

"식구들이 차 마시는 시간에 잊지 말고 다이나에게 우유를 주어야 하는데. 다이나, 내 귀여운 고양이! 지금 네가 나와 함께 있다면 좋을 텐데. 여긴 쥐가 없어서 안됐지만 대신 박쥐를 잡을 수 있을 거야. 그런데 고양이가 박쥐를 먹던가?"

이제 앨리스는 졸리기 시작했고, 잠꼬대하듯 계속 중얼거렸다.

"고양이가 박쥐를 먹을까? 고양이가 박쥐를 먹을까?"

그러다가 이따금 이렇게도 중얼거렸다.

"박쥐가 고양이를 먹을까?"

그런데 여러분도 이해하겠지만, 앨리스는 어느 쪽이든 대답을 할 수가 없었다. 어느 쪽이든 상관없었으니까. 앨리스는 자기가 꾸벅꾸벅 졸고 있다고 느꼈다. 그리고 이내 앨리스는 꿈을 꾸기 시작했는데, 꿈속에서 다이나와 손을 잡고 걸으면서 매우 진지하게 물었다.

"말해봐, 다이나. 박쥐를 먹은 적은 있니?"

갑자기 쾅당! 쾅당! 앨리스는 장작과 마른 잎사귀 더미 위로 떨어졌다. 마침내 바닥에 온 것이었다.

조금도 다친 데 없이, 앨리스는 발딱 일어섰다. 고개를 들어서 위를 쳐다보았지만 온통 캄캄했다. 눈 앞에는 또 다른 통로가 뻗어 있고, 흰 토끼가 앞에서 바삐 달려가고 있었다. 꾸물거릴 시간이 없었다. 앨리스는 바람처럼 잽싸게 달렸다. 토끼가 모퉁이를 돌면서 중얼거리는 소리가 들렸다.

"아이쿠, 내 귀랑 수염이 엉망이로군. 너무 늦었어!"

앨리스도 토끼를 놓치지 않으려고 급하게 모퉁이를 돌았다. 그러나 그 사이 토끼의 모습은 감쪽같이 사라졌다. 앨리스는 혼자 천장이 낮은 긴 복도에 서 있었다. 천장에 죽 매달려 있는 등불들이 복도를 비추고 있었다.

복도에는 수많은 문들이 있었지만 모두 잠겨 있었다. 앨리스는 복도를 따라 걸으며 이쪽 저쪽 문들을 모두 열어보려고 애를 썼지만 아무 소용이 없었다. 힘없이 걸으면서 앨리스는 어떻게 해야 이곳을 빠져나갈 수 있을까 곰곰이 생각했다.

갑자기 앨리스는 순전히 단단한 유리로만 만들어진 다리가 세 개 달린 탁자와 마주쳤다. 탁자 위에는 아주 작은 황금 열쇠가 하나 놓여 있었다. 순간 앨리스는 이 열쇠가 복도에 있는 문들 중 하나와 맞을 거라고 생각했다. 하지만! 자물쇠들이 너무 큰 걸까, 아니면 열쇠가 너무 작은 걸까. 어쨌든 그 열쇠는 어느 문과도 맞지 않았다. 그렇지 만 다시 복도를 둘러보다가 앨리스는 처음에 미처 눈치채지 못했던 낮은 커튼을 발견했다. 그 커튼 뒤에는 높이가 40센티미터가 채 안 되는 자그마한 문이 있었다. 앨리스는 그 문의 자물쇠에 작은 황금 열 쇠를 꽂고 돌렸다. 정말 다행스럽게도 열쇠는 구멍에 꼭 맞았다.

앨리스는 문을 열었다. 문 뒤에는 쥐구멍만큼이나 작은 통로가 있었다. 앨리스는 무릎을 꿇고 엎드려서 통로 안을 들여다보았다. 그리고 지금껏 본 적이 없는 아름다운 정원을 보았다. 앨리스는 당 장이라도 컴컴한 통로 밖으로 나가서 아름다운 꽃밭과 시원한 분수 들 사이를 뛰어다니고 싶었다. 그러나 마음뿐, 머리조차 구멍 안으 로 집어넣을 수가 없었다.

"머리만 집어넣으면 무슨 소용이 있어, 어깨가 빠져나오지 못할

텐데. 내 몸을 망원경처럼 줄일 수 있다면 얼마나 좋을까! 방법만 안다면 그럴 수 있을 것 같은데."

여러분도 알겠지만, 요즘엔 너무나 터무니없는 일들이 실제로 일어나곤 해서 앨리스는 슬슬 정말로 불가능한 일이란 없다는 생각이 들기 시작했다.

작은 문 옆을 지키고 있어보았자 아무 소용이 없을 것 같았으므로, 앨리스는 혹시 다른 열쇠나 아니면 망원경처럼 사람들을 줄일 수 있는 방법이 적힌 책이 있기를 바라며 다시 유리 탁자로 되돌아갔다. 그런데 이번에는 탁자 위에 작은 병이 있었다. ("아까는 분명히 없었는데……" 하고 앨리스는 중얼거렸다.) 병목에는 종이가 매달려 있었고, 그 종이 위에는 "마셔라"라고 커다란 글자가 멋지게 인쇄되어 있었다.

꽤 친절한 말이었지만, 영리한 앨리스는 무조건 그 지시를 따를 생각이 없었다.

"먼저 확인부터 해야 해. 독약이라는 표시가 있는지 없는지 살펴봐야지."

앨리스는 주변의 충고를 무시했다가 불행한 일을 당하거나, 사나운 짐승들에게 잡아먹히거나, 불에 덴 아이들에 대해서 쓴 아름다운 짧은 이야기를 많이 읽었다. 부주의한 아이들은 불에 달아서 뜨거운 부젓가락을 너무 오래 잡고 있다가 데거나, 칼에 손을 대서 피를 흘리기도 한다. 그러므로 앨리스는 '독약'이라고 씌어 있는 병의 내용물을 마시면 곧 몸에 좋지 않은 일이 일어난다는 것을 잘 알고 있었다.

그렇지만 그 병에는 어디에도 '독약'이라는 표시가 없었으므로, 앨리스는 용기를 내어서 살짝 맛을 보았다. 그리고 매우 맛이 좋았으므로(그것은 버찌 파이, 커스타드, 파인애플, 구운 칠면조고기, 과자, 버터 바른 토스트가 섞인 것 같은 맛이 났다) 꿀꺽꿀꺽 마셔버렸다.

"기분이 너무 이상해! 틀림없이 내가 망원경처럼 줄어드는가 봐."

앨리스는 중얼거렸다.

사실 그랬다. 앨리스의 키는 이제 24센티미터밖에 되지 않았다. 이제 그 아름다운 정원으로 들어가는 작은 문을 통과할 수 있다고 생각하자 앨리스의 얼굴은 환해졌다. 그렇지만 먼저 앨리스는 자신이 얼마나 더 작아질 것인지 알기 위해서 잠깐 동안 기다렸다. 그러면서 앨리스는 조금 불안했다.

"계속 줄어들다가는 다 녹아버린 초처럼, 완전히 없어져버릴지도 몰라. 그럼 나는 어떻게 되는 거지?"

앨리스는 초가 완전히 녹아버린 후에 촛불이 어떻게 되는지 상상해보려고 애를 썼다. 왜냐하면 그런 걸 본 적이 있는지 전혀 기억이 나지 않았기 때문이다.

얼마 후, 더 이상 몸이 줄어들지 않는다는 것을 확인한 앨리스는 당장 그 정원으로 가려고 마음먹었다. 그렇지만 아아, 불쌍한 앨리스! 그 작은 문에 도착한 후에야 비로소 앨리스는 작은 황금 열쇠를 깜박 잊어버리고 왔다는 것을 깨달았다. 그리고 열쇠를 가지러 유리 탁자로 돌아왔을 때에는 도저히 열쇠를 집을 수 없다는 것을 알았다. 열쇠는 유리를 통해서 또렷이 보였지만, 앨리스가 아무리 탁자 다리를 기어올라가려고 애를 써도 미끄러질 뿐이었다. 마침내 지쳐버린 앨리스는 주저앉아서 울음을 터뜨렸다.

"그만해, 그렇게 울어봐야 소용없어! 뚝 그치란 말이야!"

앨리스는 자신을 나무랐다. 앨리스는 스스로 매우 유익한 충고를 잘하는 편이고(그 충고를 따르는 일은 매우 드물지만), 특히 울 때에는 꽤 심하게 자신을 비난하곤 했다. 앨리스는 혼자서 이쪽 편도 했다가 저쪽 편도 했다가 하면서 크로케 놀이를 하다가 자기 뺨을 때리려고까지 했던 기억을 떠올렸다. 사실 이 호기심 많은 아이는 자신이 두 사람인 척 행동하는 것을 좋아했다.

'하지만 두 사람인 척하는 것도 지금은 아무 소용없어! 나에겐 존경할 만한 사람이 될 여지가 거의 없는걸.'

가엾은 앨리스는 생각했다.

그때 앨리스의 눈길이 탁자 밑에 있는 작은 유리 상자에 머물렀다. 앨리스는 상자를 열었다. 상자 안에는 아주 작은 케이크가 있고, 그 위에는 건포도로 '먹어라' 라는 글자가 씌어 있었다.

"좋아, 먹겠어. 이걸 먹고 키가 커지면, 열쇠를 잡을 수가 있어. 그리고 키가 작아지면 문 아래로 기어서 들어갈 수가 있을 거야. 어느 쪽이든 그 정원으로 들어갈 수가 있을 테니까, 어떻든지 상관없어!"

앨리스는 케이크를 조금 베어 먹고, 걱정스럽게 중얼거렸다.

"커질까? 아님 줄어들까?"

어느 쪽인지 빨리 알기 위해서 앨리스는 한 손을 머리 위로 올렸다. 그러나 놀랍게도 앨리스의 몸에는 아무런 변화도 일어나지 않았다. 물론 그건 케이크를 먹었을 때의 당연한 현상이었다. 그러나 뜻밖의 일을 기대하고 있던 앨리스에게 변화 없는 생활은 매우 따분하고 어리석게만 느껴졌다. 그래서 앨리스는 케이크를 다시 먹기 시작했고, 금세 다 먹어버렸다.

제 2 장

눈물 연못

The Pool of Tears

"어머 별꼴, 별꼴이야!"

앨리스는 비명을 질렀다. (얼마나 놀랐는지 앨리스는 바른말을 써야 한다는 것조차 깜박 잊어버렸다.)

"이젠 내 몸이 세상에서 가장 큰 망원경처럼 커졌잖아! 잘 있어라, 내 발들아!" (그럴 수밖에 없었다. 아래를 내려다보니 발이 까마득히 아래에 있어서 잘 보이지도 않았으니까.)

"불쌍한 내 발들, 앞으로는 누가 너희들에게 양말이며 신발을 신겨주겠니? 나는 절대로 할 수가 없는데 말이야! 나는 이제 너희들과 너무 멀어져버렸어. 그러니까 너희들이 알아서 해야만 해. 하지만 그래도 너희들에게 친절하게는 굴어야 되겠지."

앨리스는 잠깐 생각한 후 다시 중얼거렸다.

"그렇지 않으면 아마 내 발들이 내가 가자는 대로 가려고 하지 않을지도 모르는걸! 생각 좀 해봐야지. 그래, 크리스마스 때마다 새 신발을 선물하자."

이렇게 말하고 난 앨리스는 그 선물을 어떻게 전달할지 곰곰이 생각했다.

"배달부 아저씨에게 부탁해야 되겠지. 그런데 정말 웃기지 뭐야. 자기 발에게 선물을 보내다니 말이야! 주소는 또 얼마나 이상해!"

난로 울 앞
깔개 위에 계시는
앨리스의 오른발 귀하
(마음을 담아서 앨리스가)

"어머나, 말도 안 돼!"
바로 그 순간 앨리스의 머리가 천장에 쿵 부딪쳤다. 이제 2미터 70센티미터 이상 커진 앨리스는 잽싸게 작은 황금 열쇠를 움켜잡고 정원으로 통하는 문으로 달려갔다.

불쌍한 앨리스! 앨리스는 옆으로 누워서 한쪽 눈을 정원 문에 바싹 갖다 댄 채 간신히 안을 들여다볼 수가 있었다. 하지만 이제 그 문으로 들어간다는 것은 더욱 불가능한 일이었다. 앨리스는 앉아서 다시 울기 시작했다.

"부끄러운 줄 알아. 너처럼 커다란 여자 애(이건 너무 지당한 말이었다)가 이렇게 계속 울기나 하고 말이야! 뚝 그쳐, 그치래도!"

그러나 앨리스는 계속 울었고, 커다란 눈물방울들이 계속 흘러내려서 앨리스의 주위에 물웅덩이를 만들었다. 머지않아 물웅덩이는 10센티미터로 깊어졌고, 마침내 그 방의 절반이 물웅덩이로 변해버렸다.

얼마나 지났는지 먼 곳에서 또닥또닥 울리는 희미한 발소리가 들렸다. 앨리스는 누가 오는지 보려고 얼른 눈물을 닦았다. 한껏 멋지게 차려입은 하얀 토끼가 다시 돌아오고 있었다. 토끼는 한 손에는 새끼염소 가죽으로 만든 흰 장갑 두 짝을, 다른 손에는 커다란 부채를 들고 있었다. 토끼는 몹시 급하게 깡충깡충 뛰어오면서 계속 중얼거리고 있었다.

"아이쿠! 공작 부인, 공작 부인을 어쩐다! 공작 부인이 너무 노여워하지 말아야 할 텐데!"

지금 앨리스는 너무나 절망적인 상태였기 때문에 상대를 가려서 부탁할 형편이 아니었다. 그래서 토끼가 옆을 지나갈 때, 앨리스는 작은 목소리로 수줍게 입을 열었다.

"실례합니다, 선생님……."

토끼는 기절할 듯이 놀라며 장갑과 부채를 떨어뜨렸다. 그리고 있는 힘껏 어둠 속으로 달아나버렸다.

앨리스는 장갑과 부채를 집어들었다. 그리고 방 안이 매우 더웠으므로 걸으면서 계속 부채질을 했다.

"어머, 어머! 오늘은 정말 모든 게 이상하네! 어제만 해도 정상이 었는데. 밤 사이에 내가 변해버린 걸까? 생각 좀 해봐야지. 오늘 아침에 일어났을 때는 괜찮았었나? 조금 다른 느낌이었던 것 같기는 해. 그런데 내가 달라졌다면, '도대체 나는 누구지?' 아, 도무지 알 수가 없잖아!"

앨리스는 자신이 누구처럼 변했는지 이해하려고, 자신이 아는 또래 친구들을 모두 떠올리기 시작했다.

"에이다는 아니야. 에이다의 머리카락은 아주 긴 고수머리인데 나는 전혀 아니거든. 메이벌일 리도 없어. 나는 매우 유식하잖아? 그런데 메이벌은 아는 게 별로 없어. 게다가 메이벌은 메이벌이고, 나는 나인걸! 그리고…… 어머나, 점점 더 뒤죽박죽이야! 내가 정말 유식한지 알아봐야 되겠어. 어디 보자. 4 곱하기 5는 12이고, 4 곱하기 6은 13, 그리고 4 곱하기 7은……. 안 돼! 이런 식으로 가면 20까지는 절대 도달하지 못할 거야! 그렇지만 구구단은 별로 중요하지 않아. 지리를 복습해봐야지. 런던은 파리의 수도이고 파리는 로마의 수도, 그리고 로마는……. 안 돼, 전부 틀렸어. 틀림없어! 내가 메이벌처럼 변해버린 거야! 그걸 해봐야지, '작은…….'"

앨리스는 마치 수업 시간에 발표를 하듯이 깍지 낀 두 손을 무릎 위에 놓고 그 말을 반복하기 시작했다. 하지만 앨리스의 목소리는 이상하게 쉰 듯이 흘러나왔고, 단어들도 예전과는 달랐다.

작은 악어는 얼마나

　반짝이는 꼬리를 갈고 닦으며

황금빛 비늘 하나하나에

　나일강의 강물을 끼얹는지!

또 얼마나 신나게 미소를 지으며

　얼마나 멋지게 발톱을 벌리는지.

상냥하게 쭉 찢어진 턱으로

　작은 물고기들을 환영한다네!

"틀렸어."

불쌍한 앨리스가 말했다. 앨리스의 눈에 다시 눈물이 고였고, 앨리스는 중얼거렸다.

"나는 결국 메이벌처럼 되겠지. 지저분한 작은 집에서 살면서, 장난감 하나도 갖지 못하게 될 거야. 그리고 아주 아주 많은 것들을 배워야만 하겠지! 안 돼, 그래 결심했어. 만일 내가 메이벌이라면, 나는 여기에 주저앉아서 꼼짝도 하지 않을 테야. 사람들이 아무리 내게 '일어나렴, 애야!' 라고 말해도 소용없어. 나는 고개만 들고 이렇게 말할 거야. '그런데 내가 누구죠? 먼저 나에게 대답을 해주세요. 내가 어떤 사람인지 알게 되면 일어날게요. 그러지 않으면, 다른 사람이 와서 말해줄 때까지 나는 여기에서 꼼짝도 하지 않을 거예요.'

라고 말이야. 하지만, 아아!"

갑자기 앨리스는 울음을 터뜨렸다.

"누구든지 나를 좀 봐주었으면 좋겠어! 계속 혼자 있는 건 싫어!"

그렇게 말하면서 앨리스는 고개를 숙여서 자신의 두 손을 쳐다보았다. 그리고 자신의 손에 토끼의 흰 가죽 장갑 한 짝이 끼워져 있는 것을 보았다.

"내가 어떻게 장갑을 꼈지?"

앨리스는 생각했다.

"내가 다시 작아지고 있나 봐."

앨리스는 일어나서 키를 가늠해보려고 탁자로 걸어갔다. 그리고 이제 자신의 키가 60센티미터 정도쯤이며, 계속 빠르게 줄어들고 있음을 알았다. 그리고 키가 줄어드는 이유가 손에 든 부채 때문임을 깨닫고 바로 부채를 떨어뜨렸다. 덕분에 앨리스의 몸은 더 이상 줄어들지 않았다.

"큰일날 뻔했잖아!"

갑작스러운 변화에 크게 놀란 앨리스가 한숨을 쉬었다. 그러나 앨리스는 자신이 완전히 사라지지 않은 것이 매우 기뻤다.

"그럼 이제 그 정원에 갈 수 있겠다!"

앨리스는 그 작은 문을 향해서 다시 힘껏 달려갔다. 그러나 이럴 수가! 그 작은 문은 다시 닫혀 있었고, 작은 황금 열쇠는 처음처럼 유리 탁자 위에 올려져 있었다.

불쌍한 앨리스는 생각했다.

"이건 아까보다 더 안 좋아. 나는 이렇게 작았던 적이 없어, 한 번도 말이야. 이건 정말 좋지 않아. 정말 좋지 않아!"

그 순간 발이 미끄러졌고, 풍덩! 앨리스는 짠 소금물에 턱까지 빠져버렸다. 처음에 앨리스는 바다에 빠진 줄 알고 중얼거렸다.

"돌아가려면 기차를 타야지." (앨리스는 전에 바닷가에 간 적이 있었는데, 그때의 경험 때문에 영국의 바닷가에는 어디에나 이동 탈의실과, 막대기로 모래를 파는 아이들과 민박집들이 있고, 그런 풍경 뒤에는 기차역이 있다고 생각하게 된 것이다.)

그렇지만 곧 앨리스는 자신이 거인이 되었을 때 흘린 눈물 웅덩이임을 깨달았다.

"그렇게 펑펑 울지 말았어야 했는데!"

앨리스는 이리저리 방향을 찾아 헤엄치며 후회했다.

"너무 많이 울어서 벌을 받게 된 거야. 내가 흘린 눈물에 내가 빠지다니! 누가 믿겠어! 그렇지만 오늘은 모든 것이 이상한걸."

바로 그때 조금 떨어진 곳에서 물을 튀기는 소리가 들렸다. 앨리스는 무엇이 그러는지 살펴보려고 좀더 가까이 헤엄쳐갔다. 처음에는 아마 하마나 해마일 거라고 생각했다. 그러나 곧 앨리스는 자신이 지금은 아주 작게 줄어들었다는 사실을 기억했고, 이내 그것이 작은 생쥐 한 마리임을 깨달았다. 생쥐도 앨리스처럼 미끄러져서 빠져버린 것이었다.

'이 쥐와 말을 할 수 있을까? 여긴 모두 특이하니까, 어쩌면 쥐가 말을 할지도 모르지. 어찌 됐든, 한번 해봐서 나쁠 거야 없지.'

그래서 앨리스는 말을 하기 시작했다.

"오, 생쥐어. 이 웅덩이에서 나가는 길을 아니? 나는 계속 수영을 하느라고 완전히 지쳐버렸어. 오, 생쥐여!" (앨리스는 생쥐에겐 이런 식으로 말을 걸어야 옳다고 생각했다. 생쥐와 말해본 적은 한 번도 없지만, 오빠의 라틴어 책에서 이런 예문을 본 기억이 났기 때문이었다. "쥐가-쥐의-쥐에게-쥐를-오, 쥐여!")

생쥐가 호기심이 가득한 눈동자로 앨리스를 쳐다보았다. 그리고 작은 눈 한쪽으로 살짝 윙크를 하는 것처럼 보였지만 말은 하지 않았다.

앨리스는 생각했다.

'영어를 모르는지도 몰라. 어쩌면 정복왕 윌리엄과 함께 바다를 건너온 프랑스 생쥐일 거야.' (사실 앨리스가 역사에 대해서 아는 지식이라곤 그것뿐이었으므로, 그것이 얼마나 오래전에 일어난 사건인지 짐작조차 하지 못했다.)

그래서 앨리스는 다시 프랑스어로 말을 걸었다.

"Où est ma chatte(내 고양이는 어디 있지)?"

그것은 프랑스어 교본에 나오는 첫 문장이었다. 그러자 생쥐가 갑자기 물 위로 펄쩍 뛰어올랐다. 생쥐의 온몸이 겁에 질려서 부들부들 떠는 것처럼 보였다.

"어머, 용서해줘! 네가 고양이들을 좋아하지 않는다는 사실을 깜박 잊었어."

앨리스는 가엾은 작은 동물의 기분을 상하게 한 것이 미안해서 급히 사과했다.

"고양이들을 좋아하지 않구말구! 네가 나라면 고양이들이 좋겠니?"

생쥐가 날카롭게 쏘아붙였다.

앨리스는 부드럽게 생쥐를 달랬다.

"아마 아닐 거야. 화내지 마. 그런데 너에게 우리 집 고양이 다이나를 보여주면 좋을 텐데. 너도 다이나를 보면 고양이들에게 호감을 갖게 될 거야. 다이나는 아주 얌전하거든."

천천히 헤엄을 치면서 앨리스는 계속해서 말했다.

"다이나는 난롯가에서 목을 가르랑거리거나, 앞발을 핥고 얼굴을 닦는 것을 좋아한단다. 얼마나 털이 부드러운지 몰라. 그리고 쥐 잡는 데도 선수란다. 어머, 미안해!"

앨리스는 깜짝 놀라서 소리쳤다. 이제 생쥐는 온통 빳빳하게 털을 곤두세웠다. 앨리스는 자신이 엄청난 잘못을 했음을 느꼈다.

"이제 우리 다이나 이야기는 하지 말자, 네가 싫다면 말이야."

"우리라니!"

꼬리까지 발발 떨면서 생쥐가 소리쳤다.

"마치 내가 그런 얘기를 한 것처럼 말하는구나! 우리 생쥐들은 고양이라면 질색이야. 비열하고, 미개하고, 야비한 것들! 다시는 그 이름을 듣지 않게 해줘!"

"다시는 그러지 않을게!"

앨리스는 허둥지둥 대화의 주제를 바꾸었다.

"그러면…… 개들은 좋아하니?"

생쥐가 아무 말도 하지 않았으므로, 앨리스는 용기를 내서 말을 이었다.

"우리 이웃집에 아주 귀여운 작은 개가 있단다. 네가 볼 수 있으면 좋을 텐데! 눈이 예쁜 테리어종인데, 갈색 털이 얼마나 길고 구불거리는지 몰라! 물건을 던지면 물어오고, 앞발을 세우고 앉아서 먹을 걸 달라고 애교도 부리고. 내가 절반도 기억하지 못하지만, 그밖에 아주 많은 걸 할줄 안단다. 그 개의 주인인 농부 아저씨는 그 개가 매우 쓸모가 있어서, 100파운드 가치는 된다는 거야! 아저씨 말로는 쥐도 잘 잡아서, 어머나!"

앨리스는 안타깝게 소리쳤다.

"내가 또 실수를 했어!"

생쥐는 앨리스 옆을 피해서 있는 힘껏 멀리 헤엄쳐가고 있었다. 웅덩이 안에 긴장감이 돌았다.

앨리스는 상냥하게 생쥐를 불렀다.

"생쥐야! 다시 돌아와. 이젠 고양이에 대해서든 개에 대해서든 말하지 말자. 네가 싫다면 말이야!"

생쥐는 그 말을 듣자, 몸을 돌려서 느릿느릿 앨리스 쪽으로 다시 헤엄쳐왔다. 생쥐의 얼굴은 몹시 핼쑥했다. (겁을 먹어서 그래, 앨리스는 생각했다.) 생쥐가 낮고 떨리는 목소리로 말했다.

"기슭으로 나가자. 그런 다음 내가 내 기구한 운명을 말해줄게. 그러면 내가 왜 고양이와 개를 싫어하는지 이해할 수 있을 거야."

마침 물에 빠진 새들이며 동물들 때문에 웅덩이가 점점 붐비고 있었으므로, 나가야 할 때였다. 덕이며 도도, 로리며 이글렛, 그 밖에 여러 가지의 기묘한 동물들이 물 속에 있었다. 그들은 모두 앨리스의 뒤를 따라서 기슭을 향해 헤엄쳤다.

제 3 장

코커스 경주와 긴 이야기

A Caucus-Race and a Long Tale

기슭에 모인 일행의 모습은 매우 우스꽝스러웠다. 새들은 깃털이 땅바닥에 질질 끌렸고, 동물들은 털이 몸에 찰싹 엉겨 있었다. 모두들 몸에서 물이 뚝뚝 떨어졌고, 기분이 썩 좋지 않았다.

당연히 가장 시급한 문제는 어떻게 몸을 말릴 것인가 하는 것이었다. 그들은 신중히 의논을 했다. 얼마 지나지 않아서 앨리스는 마치 오래전부터 알아왔던 친구처럼 동물들과 이야기하는 것이 매우 자연스럽게 느껴졌다. 실제로 앨리스는 로리와 한참 동안 논쟁을 벌였는데, 마침내 로리는 삐쳐서 이렇게 주장했다.

"나는 너보다 나이가 많아. 당연히 너보다 아는 게 훨씬 많다고."

하지만 앨리스는 그 말을 믿지 않았다. 로리가 몇 살인지 몰랐고, 로리도 자신의 나이를 밝히지 않았기 때문이었다. 그들은 더 이상 나이 얘기는 하지 않았다.

드디어 일행들 가운데 그래도 제법 권위가 있어 보이는 생쥐가
소리쳤다.

"앉으세요, 여러분. 그리고 내 말을 들으세요! 내가 곧 여러분들
몸을 말려드릴 테니까요!"

일행은 즉시 생쥐를 가운데에 두고 커다란 원 형태로 둘러앉았
다. 앨리스는 초조하게 생쥐를 쳐다보았다. 빨리 몸을 말리지 않으
면 감기에 걸릴 것이 확실했다.

"에헴!"

생쥐가 목을 가다듬었다.

"모두 앉았나요? 이건 내가 아는 최고의 건조 방법입니다. 조용
히 들어주십시오! 교황의 총애에 힘을 얻은 정복왕 윌리엄은 지도자
를 원하고 있던, 그리고 찬탈과 정복에 길들여져 있던 영국 사람들
에게 쉽게 인정을 받았습니다. 머시아와 노섬브리아의 백작들인 에
드윈과 모르카는……."

"우우!"

로리가 몸을 떨며 야유를 보냈다.

"죄송합니다! 하실 말씀이라도?"

생쥐가 얼굴을 찡그리며, 그러나 매우 정중하게 물었다.

"아니에요!"

로리가 허둥대며 말했다.

"저는 또 하실 말씀이 있는 줄 알았군요."

생쥐가 말했다.

"그럼 제가 계속 말하겠습니다. 머시아와 노섬브리아의 에드윈 백작과 모르카 백작은 정복왕 윌리엄을 지지했습니다. 심지어 애국적인 캔터베리 대주교 스티갠드조차 그것이 현명한 일임을 발견하고……."

"뭐를 발견했는데요?"

덕이 물었다.

"그것을 발견했죠. 모두 아는 것 아닙니까?"

생쥐가 조금 퉁명스럽게 대답했다.

"물론 알고말고요. 내가 발견한 거라면요. 그건 대개 개구리거나 벌레예요. 그런데 대주교는 뭘 발견했는데요?"

덕이 다시 물었다.

생쥐는 질문을 무시하고, 빠르게 말을 이었다.

"에, 에드가 왕자와 함께 윌리엄 왕을 찾아가서 왕관을 바치는 것이 현명한 일임을 발견했습니다. 윌리엄 왕의 행동은 처음에는 온건했습니다. 그러나 노르만족의 오만함이……지금은 몸이 어때?"

이야기를 하다말고 생쥐가 앨리스를 향해 물었다.

"여전히 축축해. 전혀 마르는 것 같지 않아."

앨리스가 우울한 목소리로 대꾸했다.

이때 도도가 자리에서 일어서며, 엄숙하게 말했다.

"그러면 좀더 효과적인 방법을 즉각적으로 채택하기 위해서 휴

회를 제안합니다."

"알아듣기 쉽게 말해요! 난 당신이 말한 그 긴 단어들의 절반은 뜻도 모르겠어요. 게다가 당신 말을 믿을 수도 없어요!"

이글렛이 말했다. 그리고 이글렛은 미소를 감추려고 고개를 숙였다. 다른 새들 몇 마리가 킥킥킥 웃었다.

도도는 언짢은 목소리로 말했다.

"나는 몸을 말리는 가장 좋은 방법이 코커스 경주라는 말을 하려는 겁니다."

"코커스 경주가 뭐야?"

앨리스가 물었다. 사실 앨리스는 그다지 궁금하지 않았다. 그러나 도도는 누군가 설명을 할 것이라고 생각했는지 입을 다물었다. 그런데 다른 동물들은 설명할 생각이 없어 보였다.

그래서 도도가 다시 입을 열었다.

"가장 좋은 설명은 직접 해보는 겁니다." (여러분도 어느 겨울날 직접 해볼 수 있도록, 도도가 어떻게 했는지 방법을 설명하지요.)

제일 먼저 도도는 둥근 원을 그려서 경주로를 표시했다. ("조금 비뚤어진 건 상관없어"라고 도도는 말했다.) 그런 다음 일행은 모두 그 원을 따라서 이곳 저곳에 자리를 잡았다.

"하나, 둘, 셋, 출발!"

그런 신호는 없었지만, 그들은 마음 내킬 때 달리기 시작했고, 마음 내킬 때 멈추었다. 그러니 언제 그 경주가 끝날지 알 수가 없었다.

그러나 30분쯤 달린 후 몸이 거의 마르자, 도도가 갑자기 소리쳤다.

"경주 끝!"

그들은 숨을 헐떡이며 도도 주위로 모여서 물었다.

"누가 우승했지?"

도도는 즉시 대답할 수가 없었다. 한참 동안 도도는 한 손가락을 이마에 댄 채 (여러분이 셰익스피어의 초상화에서 곧잘 보았던 그런 자세로) 고민에 빠졌다. 그 동안 일행은 조용히 기다렸다. 마침내 도도가 말했다.

"여러분 모두 우승자입니다. 그러니 모두들 상을 받아야죠."

"하지만 누가 상을 줘?"

모두 동시에 외쳤다.

"그야, 물론, 이 여자애죠."

도도는 한 손가락으로 앨리스를 가리켰다. 그러자 동물들은 순식간에 앨리스를 둘러싸고 마구 떠들어댔다.

"상을 줘! 상을 줘!"

앨리스는 어찌할 바를 몰랐다. 앨리스는 절망적으로 호주머니에 손을 넣었다. 그리고 손에 잡히는 콤피트 과자 상자를 꺼내서(다행히 과자는 소금물에 젖지 않았다) 동물들에게 상으로 건네주었다. 과자는 동물들에게 딱 한 조각씩 돌아갔다.

"그런데 이 여자애에게도 상이 있어야지."

생쥐가 말했다.

"물론 있어야지. 네 호주머니에 다른 건 없니?"

도도가 매우 진지하게 물었다.

"골무밖에 없어."

앨리스가 서글프게 대답했다.

"이리 줘."

도도가 말했다.

동물들이 다시 앨리스를 둘러싼 가운데 도도가 이렇게 말하며 엄숙하게 골무를 수여했다.

"이 아름다운 골무를 받아주시기 바랍니다."

도도의 짧은 연설이 끝나자, 동물들은 일제히 박수를 쳤다.

앨리스는 정말 우스꽝스러운 짓이라는 생각을 했지만, 동물들이 너무나 진지했으므로 웃을 수가 없었다. 뭐라고 할 말이 생각나지 않았으므로 앨리스는 그냥 고개를 숙였고, 되도록 엄숙한 표정으로 골무를 받았다.

그런 다음 모두들 콤피트 과자를 먹었는데, 그 동안에도 작은 소동이 끊이지 않았다. 큰 새들은 양이 너무 적어서 맛도 모르겠다고 불평을 했고, 작은 새들은 목이 메어서 등을 두드려주어야만 했다. 그렇지만 어쨌든 과자 먹기는 끝이 났고, 그들은 다시 둥글게 둘러앉아서 생쥐에게 이야기를 좀더 해달라고 졸랐다.

"너에 대해서 말해준다고 약속했잖아."

앨리스가 말했다. 그리고 앨리스는 다시 실수하는 게 아닌지 염

려하며 조그만 목소리로 덧붙였다.

"'고' 와 '멍' (앨리스는 쥐가 고양이와 개를 싫어하는 것을 알고 그 이름조차 제대로 말하기를 꺼려하고 있다―옮긴이)을 싫어하는 이유도 말이야."

"그건 아주 길고 슬픈 이야기야!"

생쥐가 한숨을 쉬었다.

"그래, 네 꼬리가 긴 꼬린 건 분명해. 하지만 왜 슬픈 꼬리(영어에서 이야기tale와 꼬리tail는 둘 다 발음이 똑같다. 앨리스는 이야기를 꼬리로 알아들은 것이다―옮긴이)라고 부르는 거지?"

앨리스는 어리둥절해서 생쥐를 내려다보았다. 그리고 생쥐가 말을 하는 동안에도 줄곧 왜 슬픈 꼬리인지 곰곰이 생각을 했다. 그래서 결국 생쥐의 이야기를 꼬리가 이런 모양이라는 의미로 받아들였다.

"내 말을 듣지 않는구나! 도대체 무슨 생각을 하고 있는 거야?"

생쥐가 날카롭게 앨리스를 비난했다.

"미안해, 네 꼬리가 다섯 번 휘어졌지?"

앨리스는 매우 미안해하며 말했다.

"아니야!"

생쥐는 몹시 화를 내며 소리쳤다.

"그럼 꼬리에 매듭이 졌구나!(앨리스는 생쥐가 'not' 이라고 소리친 것을 '매듭knot' 라고 잘못 알아들었다―옮긴이)"

언제나 쓸모 있는 사람이 되려고 노력하는 앨리스는 걱정스럽게

     Alice's Adventures in Wonderland

퍼리가 집에서 만난 생쥐에게
말했다네. "법정으로
가자. 반드시 너를 고소
하겠다. 싫다는 말을 못하게
해주마. 우리는 재판을
해야만 해. 오늘
아침에 나는 정말
로 아무 할 일이
없거든" 그 말을
들은 생쥐는 그
불량배에게
말했네. "친애하는
선생, 배심원도
판사도 없는 그런
재판은 기운만
빠지게 할 뿐
이오." "내가
판사가 되마,
배심원이 되
마." 교활한
퍼리는 말
했다네.
"내가 죄를
따져서
너에게
사형 선
고를
내
리
마."

생쥐의 꼬리를 바라보았다.

"내가 매듭을 풀어줄게!"

"무슨 엉터리 같은 소리야. 나를 모욕하지 마!"

생쥐는 일어나서 걸어갔다.

"그럴 생각은 아니었어. 하지만 너도 너무 쉽게 화를 내는 거 아니니?"

가엾은 앨리스가 애원했다.

생쥐는 대답 대신 낮게 으르르거렸다.

"부탁이야, 돌아와서 네 이야기를 마저 해줘."

앨리스가 생쥐 뒤에서 불렀다. 다른 동물들도 함께 부탁을 했다.

"그래, 어서 돌아와."

그러나 생쥐는 참을 수 없다는 듯이 고개만 흔들고, 좀더 빨리 걸어갔다.

"저런, 그냥 가버리네!"

생쥐의 모습이 완전히 사라지자, 로리가 한숨을 쉬었다. 나이 든 게 한 마리가 기회를 놓치지 않고 자기 딸 게에게 말했다.

"봤지, 애야! 그래서 언제나 참을성이 있어야 하는 거란다!"

"그만둬요, 엄마! 엄마도 끈질기게 껍질을 열지 않는 굴에 질릴 대로 질렸으면서도 그런 말이 나오세요!"

어린 딸이 뾰로통해서 말했다.

"다이나가 여기 있었으면 좋았을걸! 그럼 생쥐를 금세 다시 데려올 텐데."

앨리스가 큰 소리로 중얼거렸다.

"다이나가 누군데, 내가 물어봐도 되겠니?"

로리가 말했다.

다이나를 자랑하고 싶었던 앨리스는 기뻐하며 말했다.

"다이나는 우리 집 고양이야. 쥐잡기 선수란다. 그리고 새도 얼마나 잘 잡는지 몰라! 아마, 눈에 띄는 순간 꿀꺽할걸!"

동물들은 큰 충격을 받았다. 앨리스의 말이 끝나기가 무섭게 몇 마리의 새들이 허둥지둥 달아났다. 늙은 까치는 날개를 조심스럽게 움직이며 말했다.

"그만 집에 가야지. 밤공기는 목에 좋지가 않아."

어미 카나리아 새는 떨리는 목소리로 아기 새들을 불러모았다.

"가자, 내 아기들아! 모두 잠자리에 들 시간이야!"

동물들은 각자 핑계를 대며 자리를 떠났고, 금세 앨리스는 혼자가 되었다.

"다이나 이야기를 하는 게 아니었어!"

앨리스는 슬프게 중얼거렸다.

"여기에서는 아무도 다이나를 좋아하지 않는가봐. 다이나는 세상에서 가장 좋은 고양이인데! 아, 다이나! 너를 다시 못 볼지도 몰라!"

너무나 외롭고 슬퍼진 앨리스는 다시 소리내어 울기 시작했다.

그렇지만 잠시 후, 앨리스는 통통통 뛰어오는 작은 발소리를 들었
다. 혹시 생쥐가 마음을 바꾸어서 나머지 이야기를 들려주려고 오는
건지도 몰라, 반가운 마음에 앨리스는 번쩍 고개를 들었다.

제 4 장

하얀 토끼가 꼬마 빌을 보내다

The Rabbit Sends in a Little Bill

그것은 생쥐가 아니라 하얀 토끼였다. 천천히 갔던 길을 되돌아 오면서 토끼는 잃어버린 물건을 찾는 듯 두리번거리며, 계속 중얼거리고 있었다.

"공작 부인! 공작 부인! 오, 내 불쌍한 발들! 내 불쌍한 털과 콧수염들! 공작 부인이 날 죽일 거야. 족제비처럼 사정없이! 도대체 내가 어디에다 그것들을 흘린 거야?"

그 순간 앨리스는 토끼가 부채와 흰 가죽 장갑을 찾고 있음을 알았다. 앨리스는 토끼를 도와주려고 주변을 살펴보았다. 그러나 부채와 장갑은 아무 데도 보이지 않았다. 앨리스가 웅덩이에서 빠져나온 뒤에 모든 것이 바뀐 것처럼 보였다. 유리 탁자와 작은 문이 있던 큰 방은 감쪽같이 사라지고 없었다.

바로 그때 토끼가 앨리스를 쳐다보았다. 토끼는 화난 목소리로 앨리스에게 소리쳤다.

"어이, 메리 앤. 여기에서 뭘 하고 있는 거야? 당장 집으로 뛰어 가서 내 장갑과 부채를 가져와! 얼른, 빨리!

앨리스는 너무나 놀라서 토끼에게 아무 변명도 못 하고 토끼가 가리킨 방향을 향해서 달려갔다.

"내가 자기 하녀인 줄 아나 봐."

앨리스는 달리면서 중얼거렸다.

"내가 누구인 줄 알게 되면 깜짝 놀라겠지! 그래도 부채랑 장갑은 갖다주는 게 좋겠어. 찾을 수만 있다면 말이야."

그 순간 앨리스는 작고 아담한 집과 마주쳤다. 그 집의 문에는 '토끼집'이라는 글자가 새겨진 반짝반짝 빛나는 놋쇠판이 걸려 있었다. 앨리스는 문을 두드리지 않고 집 안으로 들어갔다. 그리고 진짜 메리 앤과 딱 마주쳐서 부채와 장갑을 찾지도 못하고 그 집을 쫓겨나게 될까봐 마음을 졸이면서 서둘러 2층으로 올라갔다.

"토끼 심부름을 하다니, 내가 얼마나 우스꽝스러워 보일까! 다음 에는 다이나가 나에게 심부름을 시킬지도 몰라!"

앨리스는 그런 상황을 상상하기 시작했다.

"'앨리스 양, 당장 이리 와요. 갔다올 데가 있으니까요.''금방 갈 게요! 유모! 하지만 다이나가 돌아올 때까지 이 쥐구멍을 보고 있어 야만 해요. 쥐가 나가지 않는지 감시해야 하거든요.'"

앨리스는 계속 상상했다.

'다이나가 그런 식으로 사람들에게 명령을 한다면 사람들이 다이나를 집에 두려고 할지 그걸 모르겠네.'

그러다가 앨리스는 창가에 탁자가 있는 아주 아담한 방으로 들어갔는데, 그 탁자 위에 (앨리스가 바란 대로) 부채 하나와 조그맣고 하얀 장갑 두세 켤레가 놓여 있었다. 앨리스는 부채와 장갑 한 켤레를 집어들고 바로 그 방을 나오려고 했다. 그때 거울 옆에 있는 작은 병이 눈에 띄었나. 이번에는 병에 "나를 마셔라" 같은 지시가 붙어 있지 않았다. 그렇지만 앨리스는 뚜껑을 열고 병을 입으로 가져갔다.

"내가 무엇을 먹든지 마시든지 하면 뭔가 재미있는 일이 일어나잖아? 그러니 이번에는 어떤가 봐야지. 이걸 마시고 내 몸이 도로 커지면 좋을 텐데. 이렇게 작게 사는 건 너무 힘들어!"

정말이지, 금세 앨리스의 소원이 이루어졌다. 아직 절반도 마시지 않았는데, 앨리스의 머리가 천장에 눌렸다. 조금만 더 마셨어도 하마터면 목이 부러졌을 것이다. 앨리스는 병을 내려놓고 혼잣말을 했다.

"됐어, 더 커지면 안 돼. 그럼 저 문을 나갈 수가 없게 돼. 조금만 마셨으면 좋았을 텐데."

그러나 때늦은 후회였다. 앨리스의 몸은 점점 커졌고, 곧 앨리스는 마룻바닥에 무릎을 끓고 앉아야만 했다. 그래도 몸이 계속 커지자, 앨리스는 한쪽 팔꿈치를 문에 기대고 누워서 다른쪽 팔로 머리를 감쌌다. 하지만 앨리스의 몸은 여전히 멈추지 않고 계속 커졌다. 결

국 어쩔 수 없이 앨리스는 한쪽 팔은 창문 밖으로 내밀고, 한쪽 발은 굴뚝 속으로 집어넣어야 했다. 앨리스는 울상이 되어서 중얼거렸다.

"이젠 무슨 일이 일어나도 더 이상 어쩔 수가 없어. 난 어떻게 되는 걸까?"

다행히 작은 마법병의 효력이 끝난 듯했다. 앨리스의 몸은 이제 더 커지지 않았다. 그러나 여전히 앨리스는 매우 불편한 자세로 누워 있어야 했고, 방을 빠져나갈 방법도 전혀 없어 보였다. 앨리스는 너무나 불행했다.

"집에 있을 때가 훨씬 더 즐거웠어. 그땐 몸이 커졌다가 작아졌다가 하지도 않았고, 생쥐나 토끼의 심부름을 하지도 않았어. 토끼 굴에 뛰어들지 말았어야 했어. 그렇지만, 음, 그렇지만, 이런 게 더 흥미로운 인생이잖아! 이제 나에게 무슨 일이 생길까! 요정 이야기들을 읽으면서 현실에선 절대로 일어나지 않는 일들을 상상하곤 했는데, 지금 내가 바로 그런 일을 겪고 있잖아! 나에 대해서 책이라도 쓸 수 있을걸. 그럼, 쓰고말고! 내가 다 큰 어른이 되면, 꼭 책을 쓸 거야. 하지만 벌써 난 다 자랐잖아?"

앨리스는 서글픈 목소리로 덧붙였다.

"그것도 이 방이 꽉 차버릴 만큼 크게 자랐는걸."

그러나 곧 앨리스는 생각했다.

"그러면 이제 난 더 나이를 먹지 않는 걸까? 그건 괜찮네. 어찌됐든 할머니는 절대로 되지 않을 테니까 말이야. 음, 그런데……, 그럼 공부도 계속해야 되잖아! 아, 그건 싫어!"

"이 바보 앨리스야!"

앨리스는 스스로 자신을 꾸짖었다.

"어떻게 여기에서 공부를 할 수가 있어? 네 몸 둘 공간도 부족한데 교과서를 어디에 둔다는 거야!"

앨리스는 얼마 동안 계속해서 혼자 말하고 대꾸하며 자신의 불행을 슬퍼했다. 그러나 얼마 후 바깥에서 무슨 소리가 들렸고, 앨리스는 혼잣말을 멈추고 귀를 기울였다.

"메리 앤! 메리 앤! 당장 내 장갑을 가져와!"

목소리에 뒤이어 계단을 뛰어올라오는 발소리가 들렸다. 앨리스는 토끼가 자신을 찾고 있다는 것을 알았다. 순간 앨리스는 자신의 몸이 토끼보다 몇천 배나 더 크다는 사실을 잊고 집이 흔들릴 정도로 몸을 떨었다. 하지만 이내 자신이 이제 토끼를 두려워할 이유가 없다고 생각했다.

곧 토끼가 방문 앞으로 와서 문을 잡아당겼다. 그러나 안쪽으로 열리게 되어 있는 문은 앨리스의 팔꿈치가 누르고 있었으므로 당연히 열리지 않았다. 토끼가 중얼거리는 소리가 들렸다.

"뒤로 돌아가서 창문으로 들어가야 되겠군."

'그렇게는 못할걸!'

앨리스는 생각했다. 그리고 토끼가 창문으로 들어오는 소리가 날 때까지 기다렸다가 갑자기 손을 내밀어서 허공을 움켜쥐었다. 손에

     Alice's Adventures in Wonderland

는 아무것도 잡히지 않았다. 그러나 작은 비명소리와 쿵 소리, 그리고 유리가 깨지는 소리가 들렸고, 소리로 짐작하건대 아마도 오이를 기르는 온실 유리 위 같은 데 떨어진 것 같았다.

이어서 토끼의 성난 목소리가 들렸다.

"패트! 패트! 어디 있지?"

그러자 다른 목소리가 대답을 했다.

"여기 있습니다요! 땅에서 사과를 파내고 있습죠, 나리!"

"사과를 파내다니!"

토끼는 화를 내며 재촉했다.

"이리 와! 와서 내가 나가게 좀 도우라고!" (유리 깨지는 소리가 더 들렸다.)

"패트, 창문에 있는 저게 뭐지?"

"팔인데요, 나리!" (패트는 팔을 파아알로 발음했다.)

"팔이라고? 바보같으니! 저렇게 큰 팔을 본 적 있어? 창문이 꽉 찼잖아!"

"그렇군요, 나으리. 하지만 저건 팔이 틀림없어요."

"글쎄, 어쨌든 저게 저기 있어서는 안 돼. 빨리 치워버려!"

긴 침묵이 흘렀다. 그리고 잠시 후 앨리스는 소곤거리는 소리를 들었다.

"싫습니다요, 나으리. 절대로, 절대로요!"

"시키는 대로 해, 겁쟁이야!"

앨리스는 다시 손을 펼쳐서 허공을 움켜쥐었다. 이번에는 두 번의 작은 비명소리와 더 많은 유리가 깨어지는 소리가 들렸다.

"온실 유리가 아직 꽤 남아 있나 봐! 그런데 다음엔 뭘 하려는 걸까? 창문으로 날 끌어내려는 거라면, 정말 그렇게만 된다면 좋겠는데! 이젠 잠시도 더 이 안에 있고 싶지 않아!"

바깥에서는 아무 소리도 들리지 않았지만 앨리스는 기다렸다. 드디어 바퀴가 굴러가는 소리와 여럿이 떠들어대는 소리가 들렸다.

"다른 사다리는 어디 있어?—난 하나만 가져왔는데. 다른 사다리는 빌이 갖고 있어. 빌! 그 사다리, 이리 갖고 와!—잠깐, 여기에 놓자.—아니, 먼저 두 개를 함께 묶어.—그래도 아직 높이가 절반도 닿지 않겠는걸.—아, 그럭저럭 되겠어. 까다롭게 굴지 마. 이봐, 빌! 이 밧줄을 붙잡아.—지붕이 괜찮을까?—기왓장 조심해.—앗, 떨어진다! 밑에 머리들 조심해! (크게 부서지는 소리가 났다.) 누가 그랬어? 빌이지, 뭐.—누가 굴뚝으로 내려갈 거야? 아니, 나는 안 할 거야! 네가 해! 나는 안 한다니까! 빌을 내려보내.—이봐, 빌! 주인님이 너더러 내려가래!"

"어머나! 빌이 굴뚝으로 내려오겠구나? 저 사람들은 모든 걸 빌에게 떠넘기는 것 같군! 나는 빌처럼 되지 말아야지. 그런데 이 난로는 정말 좁아. 하지만 조금은 발차기를 할 수 있을 것 같아!"

앨리스는 굴뚝 아래로 최대한 발을 끌어내리고 기다렸다. 잠시 후 작은 동물(앨리스는 그게 어떤 동물인지 짐작이 가지 않았다)이

굴뚝을 따라 기어 내려오는 소리가 들
렸다.

"빌이야!"

앨리스는 중얼거렸다. 그런 다음 힘껏 발차
기를 하고, 다음엔 어떤 일이 벌어지는지 기
다렸다.

처음엔 여럿이 일제히 외치는 소리가 들렸
다.

"빌이 날아간다!"

이어서 토끼가 외치는 소리가 들렸다.

"빌을 잡아! 울타리 옆에 있는 너희들!"

다시 침묵이 흘렀다가 또다시 여럿이 이러
쿵저러쿵 떠드는 소리가 들렸다.

"고개를 받쳐줘.—자, 브랜디야.—숨 막히지 않게 조심해.—어떻
게 된 거야? 무슨 일이 있었지? 어서 말해 봐!"

마침내 가냘프고 찍찍거리는 목소리가 대답을 했다. ('빌이로구
나.' 앨리스는 생각했다.)

"글쎄, 뭐가 뭔지 모르겠어요. 아니, 그만 됐어요. 고마워요. 이제
많이 괜찮아졌어요. 하지만 여러분에게 할 말은 별로 없어요. 도깨
비 상자처럼 뭔가가 갑자기 튀어나와서 나를 걷어찬 것밖에는 모르
겠어요. 난 로켓처럼 날았고요."

“그래, 꼭 로켓 같았어.”

다른 목소리들이 대꾸했다.

“그럼 집을 불태워버릴 수밖에!”

토끼의 목소리가 들렸다. 앨리스는 버럭 소리를 질렀다.

“그러기만 해봐. 다이나를 시켜 널 가만두지 않을 거야!”

순식간에 바깥은 쥐 죽은 듯이 조용해졌다. 앨리스는 생각했다.

“이제 또 어떻게 하려는 걸까! 조금만 생각이 있다면 지붕을 벗길 텐데!”

잠시 후, 바깥에서 다시 움직이는 소리가 들렸다. 토끼가 지시를 하고 있었다.

“손수레에 하나 가득 채우면 돼, 처음에는.”

“뭘 하나 가득 채우지?”

앨리스는 궁금했다. 그러나 더 궁금해할 시간도 없이, 다음 순간 작은 조약돌들이 소나기처럼 창문에 후두둑 쏟아졌고, 그 중 몇 개는 앨리스의 얼굴을 쳤다.

“이런 짓을 하게 둘 순 없지.”

앨리스는 중얼거렸다. 그리고 크게 소리쳤다.

“그만두는 게 좋을 거야!”

바깥이 또다시 쥐 죽은 듯이 조용해졌다.

문득 앨리스는 놀랍게도 마룻바닥에 떨어진 조약돌들이 모두 작은 과자들로 변한 것을 알았다. 순간 앨리스에게 좋은 생각이 떠올랐다.

'이 과자를 먹으면 내 몸에 어떤 변화가 일어날지도 몰라. 내 몸이 더 커지기는 힘드니까 아마 작아지게 만들지 않을까?'

그래서 앨리스는 과자 하나를 꿀꺽 삼켰다. 그리고 바로 몸이 줄어들기 시작한 것을 깨닫고 기뻐했다. 문을 빠져나갈 수 있을 만큼 몸이 작아지자, 앨리스는 집 밖으로 달려나왔다. 그리고 문 밖에서 웅성거리고 있는 작은 동물들과 새 무리를 발견했다. 가엾은 작은 도마뱀 빌은 그 무리의 중간에서 기니피그 두 마리의 시중을 받으며 병에 든 어떤 액체를 마시고 있었다. 앨리스의 모습을 본 동물들이 달려왔다. 그러나 앨리스는 있는 힘껏 달렸고, 곧 무성한 숲에 몸을 숨길 수가 있었다. 주변을 살피면서 앨리스는 중얼거렸다.

"내가 제일 먼저 할 일은 다시 내 본래 몸 크기로 돌아가는 거야. 그런 다음 그 아름다운 정원으로 들어가는 방법을 찾아야지. 그게 가장 좋은 계획이야."

확실히, 그것은 매우 훌륭한 계획처럼 들렸다. 또한 매우 분명하고 간단해 보였다. 단지 문제가 있다면 그 계획을 어떻게 시작할 것인지 전혀 감을 잡을 수가 없다는 것이었다. 앨리스가 골똘히 생각에 빠져 있는데, 머리 위에서 날카롭게 짖는 소리가 들렸다. 앨리스는 깜짝 놀라서 위를 쳐다보았다.

어마어마하게 큰 강아지 한 마리가 커다랗고 둥근 두 눈으로 앨리스를 내려다보고 있었다. 강아지는 슬쩍 앞발을 내밀어서 앨리스

를 건드리려고 했다.

"강아지야!"

앨리스는 부드럽게 강아지를 달래며 휘파람을 불어주려고 했다.
그러나 강아지가 배가 고픈지도 모르고, 만일 그렇다면 아무리 다정
하게 대해도 자신을 잡아먹으려고 할 것이라는 데 생각이 미치자,
앨리스는 너무나 겁에 질렸다.

자신도 모르게 앨리스는 작은 나뭇가지를 집어들어서, 그것을 강
아지에게 내밀었다. 그러자 강아지는 껑충 공중으로 뛰어오르며 기
쁜 듯이 캥캥 짖었다. 그리고 나뭇가지를 물려고 달려들었다. 자칫
하면 강아지 발에 깔릴 수도 있는 위험한 상황이었다. 앨리스는 커
다란 엉겅퀴 뒤로 홱 몸을 피했다. 그런 다음 앨리스가 다른 쪽에서
모습을 드러내자, 강아지는 또다시 나뭇가지를 향해 달려들었다. 그
리고 급히 나뭇가지를 물려다가 곤두박질쳤다. 이건 꼭 짐마차를 끄
는 말이랑 노는 것 같아, 앨리스는 생각했다. 그리고 강아지 발에 짓
밟힐 것 같은 불안한 마음에 쫓기면서 엉겅퀴를 빙빙 돌았다. 그러
자 강아지는 앞으로 조금 달려나왔다가 뒤로 멀찌감치 물러서기를
계속 반복하면서 줄곧 낮게 짖어댔다. 그러다가 마침내 강아지는 땅
바닥에 주저앉아서 혓바닥을 길게 늘어뜨린 채 헐떡거렸고, 커다란
두 눈도 반쯤 감겼다.

달아나려면 지금이 가장 좋은 기회처럼 보였다. 그렇게 생각하자
마자, 앨리스는 완전히 지칠 때까지, 그리고 강아지가 멍멍 짖는 소

리가 아주 멀어져서 거의 들리지 않을 때까지 달리고 또 달렸다.

"그래도 정말 귀여운 강아지였어!"

앨리스는 미나리아재비에 몸을 기대며 중얼거렸다. 그리고 미나리아재비 잎으로 부채질을 했다.

"그 강아지한테 기술들을 가르치면 무척 재미있을 텐데. 내 몸 크기가 정상이어서 그럴 수만 있다면 얼마나 좋겠어! 참! 다시 커져야 된다는 걸 깜박 잊고 있었네. 어디 보자, 어떻게 하면 될까? 무언가 먹든지 마시든지 해야만 하겠지. 그런데 도대체 뭘 먹지?"

분명히 중요한 문제는 그것이었다. '무엇을 먹는가?' 앨리스는 주변에 있는 꽃들과 풀잎들을 살펴보았다. 그러나 먹거나 마시기에 적당한 식물은 보이지 않았다. 가까운 곳에 앨리스의 키만 한 높이의 버섯이 솟아 있었다. 버섯을 올려다보고, 또 버섯 기둥과 버섯 뒤쪽을 살펴보고 나서, 앨리스는 버섯 위에 무엇이 있는지 보아야겠다고 생각했다.

앨리스는 까치발로 서서 버섯 위를 쳐다보았다. 순간 앨리스의 시선과 버섯 꼭대기에 앉아 있는 커다란 푸른 쐐기벌레의 시선이 딱 마주쳤다. 쐐기벌레는 발들을 팔짱 낀 채, 긴 담뱃대를 뻐끔거리고 있었다. 그리고 앨리스든 다른 어떤 것이든 전혀 관심이 없어 보였다.

제 5 장

쐐기벌레의 충고

Advice from a Caterpillar

쐐기벌레와 앨리스는 잠깐 동안 말없이 서로를 바라보았다. 드디어 쐐기벌레가 입에서 담뱃대를 빼고 졸린 목소리로 나른하게 물었다.

"넌 누구니?"

이것은 대화를 하기에 유쾌한 시작은 아니었다. 앨리스는 무척 부끄러워하며 대답했다.

"난……, 잘 모르겠어요, 지금은요. 오늘 아침에 일어났을 때만 해도 내가 누구인지 알고 있었는데, 그때 이후로 여러 번 바뀐 것 같아요."

"그게 도대체 무슨 말이지? 알아듣게 설명을 해!"

쐐기벌레가 엄하게 말했다.

"설명할 수가 없어요, 죄송해요. 하지만 아시다시피, 나는 내가 아닌걸요."

"난 모르겠다."

쐐기벌레가 말했다.

"더 분명하게 설명드리지 못해서 죄송해요. 하지만 나도 내 자신을 이해할 수가 없어요. 하루 사이에 몇 번씩이나 다른 크기로 변하는 건 무척 혼란스럽거든요."

앨리스는 매우 정중하게 대답했다.

"그렇지 않아."

쐐기벌레가 대꾸했다.

"글쎄요, 아직 그런 경험을 해본 적이 없나 보군요. 하지만 당신도 언젠가는 번데기로 변할 수밖에 없어요. 그런 뒤에 다시 나비로 변하겠죠. 그때가 되면 그렇게 변하는 것이 조금 기묘하게 느껴질 거예요, 그렇죠?"

앨리스는 주장했다.

"천만에."

쐐기벌레가 말했다.

"글쎄요, 어쩌면 기분이 다를지도 모르죠. 나는 그랬어요. 변할 때마다 기분이 매우 이상했거든요."

"넌 그랬겠지! 그런데 네가 누구냐니까?"

쐐기벌레가 비웃으며 말했다.

이렇게 되면 다시 대화가 처음으로 돌아가는 셈이었다. 앨리스는 쐐기벌레의 너무나 짧은 대꾸들에 조금 짜증이 났다. 앨리스는 허리를 꼿꼿이 세우고, 진지하게 말했다.

"먼저, 당신이 누구인지 말해주어야 되지 않나요."

"왜?"

쐐기벌레가 말했다.

그건 또 다른 까다로운 질문이었다. 앨리스는 적당한 이유를 생각해내지 못했고, 쐐기벌레는 기분이 매우 언짢아 보였으므로 앨리스는 몸을 돌려서 다른 곳으로 걸어갔다.

"돌아와! 너에게 해줄 중요한 말이 있어!"

이번에는 확실히 희망이 있어 보였다. 앨리스는 다시 쐐기벌레에게로 돌아갔다.

"참아."

쐐기벌레가 말했다.

"할 말이 그게 다예요?"

앨리스는 가까스로 화를 누르며 물었다.

"아니."

쐐기벌레가 말했다.

앨리스는, 기다려 보자, 어차피 다른 할 일도 없으니까, 그리고 어쩌면 쐐기벌레가 정말로 무언가 도움이 되는 말을 해줄지도 모른다고 생각했다. 몇 분 동안 쐐기벌레는 말없이 담배만 뻐끔뻐끔 피웠다. 그러다가 마침내 쐐기벌레는 발들을 폈고, 입에서 담뱃대를 떼고 물었다.

"그러니까 너는 네가 바뀌었다고 생각하는구나, 그렇지?"

"유감스럽게도 그래요. 내가 알던 것들도 기억을 못해요. 10분도 같은 크기로 있지 못하는걸요, 뭐."

"뭘 기억하지 못하지?"

쐐기벌레가 물었다.

"「작고 부지런한 꿀벌」을 외우려고 했어요. 하지만 외울 때마다 달라지지 뭐예요!"

앨리스가 매우 슬픈 목소리로 말했다.

"「아버지 윌리엄」을 외워보렴."

쐐기벌레가 말했다.

앨리스는 두 손을 맞잡고 외우기 시작했다.

"아버지 윌리엄, 당신은 늙으셨어요." 젊은이는 말했네.

　　"머리도 하얗게 세셨고요.

그런데도 계속 물구나무서기를 하시네요.

　　아버지 나이에, 그게 어울리나요?"

"내가 젊었을 때에는" 아버지 윌리엄이 아들에게 대답했네.

　　"그러다가 머리를 다칠까봐 두려웠단다.

하지만 지금은 머리가 텅 비었으니

하고 또 하는 거란다."

"아버지 윌리엄, 당신은 늙으셨어요." 젊은이는 말했네.
　"전에도 말씀드렸잖아요. 게다가 살도 너무 찌셨어요.
그런데도 집에 돌아오실 때면 공중제비를 도는군요.
　도대체 왜 그러세요?"

"내가 젊었을 때에는" 회색 머리카락을 흔들며 노인은 말했네.
　"팔다리가 나긋나긋했단다.
이 약 덕분이지. ―한 상자에 1실링―
　너도 두 상자쯤 사겠니?"

"아버지 윌리엄, 당신은 늙으셨어요." 젊은이는 말했네.
　"물렁한 비계밖에는 못 드실 만큼 턱도 약해지셨어요.
그런데도 뼈 하나 남김없이 거위 한 마리를 다 드셨네요.
　어떻게 그렇게 하실 수가 있나요?"

"내가 젊었을 때에는" 아버지는 말했네.
　"재판소에 가서 사사건건 네 엄마와 말씨름을 했단다.
내 턱의 강한 근육은 그래서 생겼지.
　지금도 이렇게 튼튼하단다."

"아버지 윌리엄, 당신은 늙으셨어요." 젊은이는 말했네.

　　"이제 눈도 어두우실 텐데

그런데도 뱀장어를 콧등에 세우시네요.

　　어떻게 그런 재주를 부리실 수가 있나요?"

"세 번이나 대답해주었으면 충분하지 않니?"

　　아버지는 말했네. "잘난 체하지 마라!

하루 종일 내가 너의 건방진 말을 들어줄 줄 알았니?

　　저리 비켜라, 그러지 않으면 층계 밑으로 걷어차버릴 테니!"

"틀렸어."

쐐기벌레가 말했다.

"딱 맞진 않을 거예요. 단어 몇 개가 틀렸거든요."

부끄러워하며, 앨리스가 말했다.

"처음부터 끝까지 틀렸어."

쐐기벌레가 단호하게 말했다. 잠시 동안 둘 다 아무 말도 하지 않았다.

먼저 입을 연 쪽은 쐐기벌레였다.

"얼마나 커지고 싶지?"

앨리스는 급히 대답했다.

"크기가 문제가 아니에요. 아시겠지만, 너무 자주 변하는 게 싫어

요."

"난 모르겠는걸."

쐐기벌레가 말했다.

앨리스는 아무 말도 하지 않았다. 지금껏 살아오는 동안 이렇게 많은 반박을 당한 적은 한 번도 없었다. 점점 화를 참을 수가 없었다.

"지금 크기는 마음에 드니?"

"글쎄요, 조금 더 컸으면 좋겠어요. 7센티미터는 너무 볼품없는 키인걸요."

"딱 좋은 키인데 뭘 그래!"

몸을 꼿꼿이 세우면서 성난 목소리로 쐐기벌레가 말했다. (쐐기벌레의 키야말로 정확하게 7센티미터였다.)

"하지만 난 원래 이렇게 작지 않았는걸요!"

가엾은 앨리스는 울상이 되어서 말했다. 그리고 앨리스는 마음속으로 생각했다.

'이 쐐기벌레가 쉽게 화를 내는 성질이 아니어야 할 텐데!'

"곧 지금 몸 크기에 익숙해질 거야."

쐐기벌레가 대꾸했다. 그리고 쐐기벌레는 다시 담뱃대를 입에 물고 뻐끔뻐끔 피우기 시작했다.

이번에 앨리스는 쐐기벌레가 다시 입을 열 때까지 참을성 있게 기다렸다. 1~2분쯤 지나자 쐐기벌레는 담뱃대를 입에서 뗐고, 한두 번 하품을 했고, 그리고 몸을 흔들었다. 그런 다음 쐐기벌레는 버섯에서 내려와서 풀밭 속으로 기어가면서 딱 한 마디를 중얼거렸다.

"한쪽은 너를 크게 만들고, 다른 한쪽은 너를 작게 만들지."

'뭐가 그럴까? 뭐의 한쪽과 다른 쪽이 그런다는 거지?'

앨리스는 혼자 생각했다.

"버섯이 그렇다구."

앨리스의 생각을 듣기라도 한 듯이, 쐐기벌레가 대꾸했다. 그리고 잠시 후 쐐기벌레는 풀밭 속으로 완전히 사라졌다.

앨리스는 몇 분 동안 버섯을 골똘히 쳐다보며, 버섯의 양쪽이 어디인지 생각했다. 그러나 버섯은 완벽한 원형이었으므로 왼쪽과 오른쪽을 구별하기가 매우 힘들었다. 결국 앨리스는 두 팔을 한껏 뻗어서 버섯을 감쌌고, 양 손끝에 닿는 버섯을 각각 뜯어냈다.

"그런데 어느 것이 어떻게 만드는 걸까?"

앨리스는 중얼거렸다. 그리고 효과를 시험하기 위해서 오른손에 쥔 버섯을 조금씩 물어뜯었다. 다음 순간 앨리스는 턱을 심하게 부딪쳤다. 다름 아닌 자신의 발에!

너무나 갑작스러운 변화에 앨리스는 크게 겁을 먹었다. 그러나 너무나 빠르게 몸이 줄어들고 있었으므로 머뭇거릴 시간이 없었다. 그래서 앨리스는 즉시 다른 손의 버섯을 조금 먹어보려고 했다. 턱이 발에 꾹 눌려 있었으므로 입을 벌리기가 무척 힘이 들었다. 그러나 앨리스는 마침내 입을 벌리는 데 성공했고, 가까스로 왼손에 든 버섯을 한 조각 삼킬 수가 있었다.

　　　　*　　　　　　*　　　　　　*　　　　　　*

　　　　　　*　　　　　　*　　　　　　*

　　　　*　　　　　　*　　　　　　*　　　　　　*

"와, 이제 머리를 마음대로 움직일 수가 있어!"

앨리스는 기뻐서 소리쳤다. 그러나 어깨가 보이지 않는다고 깨닫는 순간 그 기쁨은 불안감으로 바뀌었다. 아래를 내려다보았을 때 앨리스의 눈에 띈 것은 오직 어마어마하게 긴 목뿐이었다. 목은 먼 아래쪽에 우거져 있는 초록색 나뭇잎들의 바다 사이에 마치 나무줄기처럼 솟아 있었다.

"뭐가 저렇게 푸를까? 그리고 아아, 내 가엾은 손들은 왜 보이지 않는 걸까?"

앨리스는 중얼거리면서 손들을 움직거렸다. 그러나 한참 아래쪽에 펼쳐져 있는 초록색 나뭇잎들이 가볍게 떨릴 뿐, 여전히 손들은 보이지 않았다.

그런 형편이니 두 손을 머리 위로 올리기는 거의 불가능해 보였다. 앨리스는 손을 보려고 고개를 아래로 숙였다. 그리고 목이 마치 뱀처럼 어느 방향으로든 자유롭게 구부려진다는 것을 깨닫고 기뻐했다. 앨리스는 목을 구불구불 아래쪽으로 늘어뜨렸다. 그리고 계속해서 무성한 나뭇잎들 가운데로 들어갔고, 초록빛 바다 같았던 아래쪽이 그냥 나뭇가지들이라는 것을 알았다. 그때 날카로운 비명소리가 울렸고, 앨리스는 급히 얼굴을 뒤로 젖혔다. 커다란 비둘기 한 마리가 앨리스의 얼굴로 돌진했다. 비둘기는 양 날개로 앨리스의 얼굴을 사정없이 후려쳤다.

"이 뱀놈아!"

비둘기는 소리쳤다.

"나는 뱀이 아니야. 나를 내버려 둬!"

앨리스는 화를 내며 말했다.

"뱀이야, 넌 뱀이야!"

비둘기는 되풀이해서 말했다. 그러나 목소리는 조금 힘이 빠졌고, 슬프게까지 들렸다.

"난 별의별 방법을 다 써봤어. 하지만 어쩔 수가 없는 것 같아!"

"네가 무슨 말을 하고 있는지 난 도무지 모르겠어."

앨리스가 말했다.

"나무뿌리도 시도했고, 강둑도 시도했고, 울타리도 시도했어. 그렇지만 뱀들은! 뱀들에게는 당할 수가 없어!"

비둘기는 어리둥절해하는 앨리스는 상관하지 않고 혼자서 계속 떠들어댔다.

앨리스는 점점 더 영문을 알 수가 없었지만, 비둘기가 말을 끝낼 때까지는 무슨 말을 해도 소용이 없겠다고 생각했다.

"알을 품는 것만 해도 힘이 들어 죽겠는데, 밤이고 낮이고 뱀들을 감시해야만 하다니! 3주 동안 한숨도 자지 못했다구!"

"너를 놀라게 해서 정말 미안해."

앨리스는 조금씩 비둘기의 말이 이해되기 시작했다.

"그래서 이번에는 숲에서 가장 높은 나무를 골라서 드디어 안심해도 되겠다고 생각했는데, 어느새 하늘에서 구불텅구불텅 내려오다니! 이 나쁜 뱀놈아!"

"하지만 나는 뱀이 아니야, 아니라니까! 나는……나는…….."

"흥! 네가 뭔데? 대충 얼버무리려고!"

"나는……, 나는 여자 아이야."

오늘 하루 동안 변했던 모습들을 떠올리면서 앨리스는 조금 자신 없는 말투로 대답했다.

"퍽도 그렇겠다! 나는 여자 아이들을 수없이 봤지만, 이렇게 긴 목을 가진 여자 아이는 한 번도 보지 못했다구! 아니야, 아니야! 너는 뱀이야. 거짓말해도 소용 없어. 다음엔 알은 먹어본 적도 없다고 말하지그래!"

비둘기가 비아냥거렸다.

"물론 알이야 먹지. 하지만 너도 알다시피 여자 아이들은 뱀 못지 않게 알들을 많이 먹어."

"믿지 못하겠는걸. 하지만 여자 아이들이 그렇다면, 여자 아이들도 뱀과 같은 종류야. 그렇고말고."

뜻밖의 생각에 앨리스는 잠깐 동안 할 말을 잃었고, 그 틈을 타서 비둘기가 다시 떠들었다.

"네가 알을 찾고 있다면, 나에게는 그걸로 충분해. 네가 여자 아이든 뱀이든 나에게는 중요하지 않아."

"나한테는 무척 중요한 일이야. 하지만 나는 알을 찾고 있지 않았어. 그리고 알을 찾는다 해도 너의 알은 싫어. 난 날것은 좋아하지 않아."

"그래, 꺼져버려. 그럼!"

퉁명스럽게 말하고, 비둘기는 다시 자기 둥지에 자리를 잡았다. 앨리스는 한껏 나무들 사이로 몸을 웅크렸다. 자꾸 목이 나뭇가지에 걸렸고, 그때마다 앨리스는 동작을 멈추고 목을 풀어야만 했다. 얼마 후에 앨리스는 자신이 아직 두 손에 버섯조각을 쥐고 있다는 걸 깨달았다. 앨리스는 매우 신중하게 먼저 한쪽 손의 버섯을 조금 뜯어먹고 그런 다음 다른 쪽 손의 버섯을 뜯어먹었다. 커졌다가 작아졌다가, 커졌다가 작아졌다가, 앨리스는 자신의 본래 키를 되찾을 때까지 조금씩 조금씩 양 손의 버섯을 번갈아 먹었다.

한참 애를 쓴 후에야 앨리스는 자신의 원래 모습을 되찾을 수가 있었는데, 처음엔 자신의 몸이 매우 어색하게 느껴졌다. 그러나 앨리스는 금세 자신의 몸에 익숙해졌고, 곧잘 그랬듯이 혼자 중얼거리기 시작했다.

"이제 내가 세운 계획이 절반은 이루어졌어! 정말 정신없이 변했지 뭐야! 다음엔 내가 무엇이 될지 무슨 수로 알겠어! 어쨌든 원래 내 몸 크기로 돌아왔어. 다음에 할 일은 그 아름다운 정원에 들어가는 거야. 그런데 어떻게 들어가지?"

그런데 그렇게 말을 하자마자, 앨리스는 갑자기 높이가 1미터 20센티미터쯤 되는 작은 집이 있는 널따란 광장에 와 있었다.

앨리스는 생각했다.

"저기에 누가 사는지는 모르지만, 이 크기로 만나면 안 돼. 모두들 무서워할 테니까 말이야."

그래서 앨리스는 오른손에 쥐고 있는 버섯을 다시 조금 뜯어먹었고, 키를 20센티미터쯤으로 맞춘 후에 그 집으로 다가갔다.

제6장

돼지와 후추

Pig and Pepper

그 집을 바라보며 이제 어떻게 할까 망설이고 있는데, 갑자기 제복을 입은 하인 하나가 숲에서 달려나오더니(남자가 제복을 입고 있었으므로 앨리스는 그가 하인일 것이라고 추측했다. 그러나 제복 차림만 아니었다면, 앨리스는 그 남자의 얼굴을 보고 그를 물고기라고 생각했을 것이다) 주먹으로 그 집 문을 쾅쾅 두드렸다. 그러자 둥근 얼굴에 개구리처럼 눈이 커다란 다른 하인이 문을 열었다. 앨리스는 하인들의 곱슬곱슬한 머리카락에 가루분이 잔뜩 뿌려져 있는 것을 흥미롭게 보았다. 잔뜩 흥미를 느낀 앨리스는 무슨 일이 일어나는지 엿듣기 위해서 집으로 살짝 다가갔다.

물고기 얼굴의 하인이 팔 밑에서 거의 자기 몸만큼이나 큰 커다란 편지를 꺼내서 개구리 얼굴의 하인에게 건네며 엄숙한 목소리로 알렸다.

"공작 부인에게. 여왕 폐하가 보내신 크로케 놀이 초대장입니다."

개구리 얼굴의 하인이 똑같이 엄숙한 목소리로, 단어의 순서만 조금 바꾸어서 응답했다.

"여왕 폐하로부터. 공작 부인에게 보내신 크로케 놀이 초대장입니다."

그런 다음 두 하인은 매우 정중하게 절을 했고, 두 사람의 곱슬머리가 서로 엉켰다.

그 장면을 보고 앨리스는 숨이 막힐 정도로 웃었다. 그리고 혹시 그들이 웃음소리를 들었을까봐 얼른 숲 속으로 달아났다. 앨리스가 다시 그 집을 엿보았을 때 물고기 얼굴의 하인은 가버린 뒤였고, 개구리 얼굴의 하인이 문 옆의 땅바닥에 주저앉아서 멍하니 하늘을 바라보고 있었다.

앨리스는 조심스럽게 다가가서 문을 두드렸다.

개구리 얼굴의 하인이 말했다.

"두드려도 소용없어. 두 가지 이유가 있지. 첫째, 나는 너처럼 문 밖에 있고, 둘째 집 안은 지금 너무 시끄러워서 문 두드리는 소리가 들리지 않거든."

확실히 집 안에서는 어마어마한 소음이 계속 울리고 있었다. 울부짖는 소리와 재채기 소리가 계속 들렸고, 가끔 접시나 솥이 산산조각나는 듯한 쨍그랑 소리가 섞였다.

"실례해요, 그럼 어떻게 하면 안으로 들어갈 수 있나요?"
앨리스가 물었다.
"만일 우리 둘 사이에 문이 있다면 문을 두드리는 것이 의미가 있겠지. 가령 네가 안에 있는데 문을 두드리면 내가 문을 열어서 너를 나가게 해줄 수가 있거든."
말을 하는 동안에도 개구리 얼굴의 하인은 내내 하늘을 쳐다보고 있었으므로, 앨리스는 무척 무례하다고 생각했다. 앨리스는 몰래 중얼거렸다.
"하지만 눈이 거의 머리 꼭대기에 있으니까 어쩔 수가 없는 건지도 몰라. 어쨌든 대답은 해주고 있는걸. 어떻게 하면 안으로 들어갈 수 있죠?"
앨리스는 다시 크게 물었다.
"나는 내일까지 여기 앉아 있을 거야."
바로 그 순간 문이 열렸고, 커다란 접시 하나가 곧장 개구리 얼굴 하인의 머리로 날아왔다. 접시는 그의 코를 살짝 스치고 지나갔고, 뒤쪽 나무에 부딪쳐 산산조각이 났다.
"경우에 따라서는 모레까지라도."
개구리 얼굴의 하인이 마치 아무 일도 없었다는 듯이 조금도 바뀌지 않은 목소리로 덧붙였다.
"어떻게 해야 안으로 들어갈 수 있느냐고요!"
좀 더 큰 목소리로, 앨리스가 다시 물었다.

"도대체 안으로 들어갈 생각은 있는 거니? 그게 가장 중요한 문제거든. 암."

개구리 얼굴의 하인이 말했다.

그야 조금도 틀림없는 말이었다. 그러나 앨리스는 그런 식의 말투가 마음에 들지 않았다. 앨리스는 마음속으로 투덜거렸다.

"동물들의 말하는 방식은 정말로 지겨워. 아주 질려버렸어!"

하인은 이때가 같은 말을 되풀이할 좋은 기회라고 생각했는지 다시 말했다.

"나는 여기 앉아 있을 거야, 어찌 되든, 며칠이든."

"하지만 나는 어떻게 해야 되죠?"

앨리스가 물었다.

"너 좋을 대로 하렴."

개구리 얼굴의 하인은 그렇게 대꾸하고 휘파람을 불기 시작했다.

"아아, 이 사람에게 말해봐야 아무 소용없어. 완전히 바보인걸!"

앨리스는 크게 실망해서 말했다. 그리고 앨리스는 문을 열고 안으로 들어갔다.

문은 바로 커다란 부엌으로 통하게 되어 있었는데, 부엌 한쪽 끝에는 연기가 자욱했다. 공작 부인은 부엌 한가운데에서 다리가 셋 달린 등받이 없는 의자에 앉아서 갓난아기를 달래고 있었다. 요리사는 화덕에 몸을 기울인 채 수프가 가득 든 큰 냄비를 휘젓고 있었다.

"수프에 후추를 너무 많이 넣은 게 분명해!"

Alice's Adventures in Wonderland

재채기를 하면서 앨리스는 혼자 중얼거렸다.

확실히 방 안의 공기가 너무 매웠다. 심지어 공작 부인조차 연거 푸 재채기를 해댔다. 그러니 아기는 말할 필요도 없었다. 아기는 한 순간도 쉬지 않고 재채기를 하며 울어댔다. 그 부엌에서 재채기를 하지 않는 생물은 요리사와 난로 위에 누워서 귀가 찢어질 정도로 크게 이를 드러낸 채 웃고 있는 커다란 고양이뿐이었다.

"대답 좀 해주실래요, 왜 저 고양이가 저렇게 웃고 있죠?"

대화를 시작하는 예의바른 태도가 어떤 것인지 잘 몰랐으므로, 앨리스는 조금 수줍어하며 물었다.

"체셔 고양이니까 그렇지, 돼지야!"

공작 부인이 대꾸했다.

공작 부인은 앨리스가 깜짝 놀랄 만큼 너무나 갑작스럽게 화난 말투로 마지막 단어를 덧붙였다. 그러나 앨리스는 곧 그 말이 자신 이 아니라 아기에게 한 말임을 알고, 다시 용기를 내어 말했다.

"저는 체셔 고양이가 언제나 이를 드러내고 웃는지 몰랐어요. 사 실은 고양이들이 웃을 수 있다는 것도 몰랐고요."

"고양이들은 대부분 웃을 수가 있어."

공작 부인이 말했다.

"저는 전혀 몰랐어요."

대화를 하게 된 것을 기뻐하며, 앨리스는 매우 정중하게 말했다.

"너는 그다지 아는 게 없구나. 그리고 그건 사실이지."

     Alice's Adventures in Wonderland

공작 부인이 말했다.

앨리스는 그 말이 마음에 들지 않았다. 그래서 무언가 다른 대화를 시작하는 게 좋겠다고 생각했다. 앨리스가 골똘히 생각을 하는 사이에 요리사는 수프 냄비를 화덕에서 내렸고, 그러자마자 공작 부인과 아기에게 손에 잡히는 대로 온갖 물건들을 집어던지기 시작했다. 먼저 부삽이 날아왔다. 그런 다음 스튜 냄비들, 납작 접시들, 깊은 접시들이 마구 쏟아졌다. 공작 부인은 그것들에 맞으면서도 태연했다. 그리고 아기는 계속 큰 소리로 울어대고 있었으므로, 접시에 맞아서 우는 것인지 아닌지 분간할 수가 없었다.

"안 돼요, 무슨 짓을 하는 거예요!"

앨리스는 겁에 질려서 펄쩍펄쩍 뛰면서 소리쳤다.

"어머, 아기 코가 위험해요!"

커다란 스튜 냄비가 아기 쪽으로 날아와서 하마터면 아기의 코를 칠 뻔했다.

"모든 사람들이 자기 일에만 신경 쓴다면, 지구가 지금보다 더 빨리 돌 텐데."

공작 부인이 쉰 목소리로 낮게 말했다.

"그러면 좋을 게 없는걸요."

앨리스는 자신이 아는 지식을 뽐낼 수 있는 기회가 생긴 것이 기뻤다.

"낮과 밤이 어떻게 되겠어요! 지구가 남북의 축axis을 중심으로 자전하는 데는 24시간이 걸리는데……."

"도끼(axes, 발음이 같아서 공작 부인이 도끼로 알아들은 것임―옮긴이) 얘기를 하다니, 이 아이의 목을 잘라버려라!"

공작 부인이 말했다.

앨리스는 불안한 눈길로 요리사를 훔쳐보았다. 그러나 요리사는 수프를 휘젓느라고 바빠서 공작 부인의 말을 듣지 못한 것 같았다. 그래서 앨리스는 다시 말을 계속했다.

"24시간이라고 생각해요, 아니 12시간인가요? 저는……."

"오, 닥쳐! 나는 숫자는 딱 질색이라구!"

공작 부인이 말했다. 그리고 공작 부인은 다시 아이를 달래기 시작했는데, 자장가 비슷한 노래를 부르면서 한 절이 끝날 때마다 아기를 난폭하게 흔들었다.

거칠게 말해! 꼬마 사내 녀석에겐.

재채기를 하면 때려줘야 해.

아이는 떼를 쓰려고 재채기를 할 뿐이라네.

그럼 성가시다는 걸 잘 알거든.

합창

(요리사와 아기가 함께)

와! 와! 와!

공작 부인은 노래의 2절를 부르면서 어린 아기를 난폭하게 위아래로 흔들었고, 가엾은 아기는 큰 소리로 울어댔다. 앨리스는 노래의 가사를 알아듣기가 어려웠다.

사내 아이에겐 사납게 말해.
재채기를 하면 때려줄 테야.
사실 아기는 후추를 잘 먹을 수 있거든.
자기 마음만 내키면 말이야.

합창
와! 와! 와!

"자! 아기를 좀 보아라!"
공작 부인이 아기를 거칠게 던지며 앨리스에게 말했다.
"나는 여왕님의 크로케 놀이 모임에 참석할 준비를 해야 한다."
공작 부인은 부엌을 바삐 나갔다. 요리사가 공작 부인의 뒤에서 프라이팬을 던졌지만, 프라이팬은 빗나갔다.
앨리스는 어색하게 아기를 안았다. 아기는 괴상한 모습이었다. 팔다리가 사방으로 솟아 있었다.

"꼭 불가사리 같아."

앨리스는 생각했다. 가엾은 어린 것은 증기 기관차처럼 코를 씨근거리면서 쉬지 않고 배를 앞으로 내밀었다가 몸을 쭉 뻗고는 했으므로, 처음에 앨리스는 아기가 떨어지지 않게 붙잡고 있는 것만도 무척 힘이 들었다.

마침내 아기를 다루는 방법을 알게 되자(먼저 매듭을 묶듯이 아기 몸을 비틀고, 그런 다음 아기의 오른쪽 귀와 왼쪽 발을 꽉 잡아서 아기가 버둥대지 못하게 했다) 앨리스는 아기를 바깥으로 안고 나왔다.

"내가 이 아기를 데려가지 않으면, 그들이 며칠 내로 이 아기를 죽이고 말 거야. 그러니 아기를 두고 떠난다면 살인범이 되는 게 아닐까?"

앨리스가 소리내어서 이렇게 말하자, 어린것이 대답하듯이 꿀꿀거렸다. (아기는 이때 재채기가 멎어 있었다.)

앨리스는 말했다.

"애, 꿀꿀거리지 마. 어린 아기답지 않잖니?"

아기가 다시 꿀꿀거렸다. 앨리스는 아기가 아픈가 싶어서 걱정스럽게 아기의 얼굴을 들여다보았다. 아기는 매우 괴상한 코를 갖고 있었다. 그건 사람의 코가 아니라 삐죽한 돼지코와 훨씬 비슷했다. 게다가 눈도 아기 눈이라고 하기에는 너무나 작아지고 있었다. 앨리스는 아기의 생김새가 조금도 마음에 들지 않았다.

"아마 계속 울기만 해서 그럴 거야."

앨리스는 생각했다. 그리고 눈물 자국이 있는지 보려고 다시 아기의 눈을 들여다보았다.

천만에, 눈물 자국은 없었다. 앨리스는 심각하게 말했다.

"아기야, 네가 돼지로 변할 거라면, 난 너에게 더는 아무것도 해줄 수가 없어. 내 말 알아들었지?"

불쌍한 어린것은 다시 흐느껴 울었고(아니 꿀꿀거렸다. 사실 어느 쪽인지 분간이 가지 않았다) 얼마 동안 그들은 말없이 계속 길을 갔다.

앨리스는 혼자서 생각하기 시작했다.

'이 아기를 집에 데려가면, 그다음에는 어떻게 하지?'

아기가 다시 꿀꿀거렸는데, 꿀꿀 소리가 너무 컸으므로 앨리스는 깜짝 놀라서 아기의 얼굴을 내려다보았다. 이번에는 의심할 여지가 없었다. 그것은 다름 아닌 딱 돼지였다. 앨리스는 돼지를 계속 안고 간다는 것은 무척이나 우스꽝스러운 짓이라고 느꼈다.

그래서 앨리스는 그 어린것을 내려놓았고, 어린것이 조용히 숲속으로 사라지는 것을 보면서 퍽 안심했다.

"저 아기가 자라면, 너무너무 못생긴 아이가 될 거야. 하지만 돼지치고는 꽤 잘생겼을 테지."

그리고 앨리스는 돼지처럼 구는 자기가 아는 다른 아이들을 생각하며 혼자 중얼거렸다.

“누 군 가 그 애들을 바 꿀 수 있는 적 당한 방법을 알기만 한다 면……”

그 순간 앨리스는 3미터쯤 앞에 서 있는 나무의 큰 가지 위에 체셔 고양이가 앉아 있는 것을 보고 조금 당황했다.

고양이는 싱긋 웃으며 앨리스를 보고 있었다. 착해 보인다고 앨리스는 생각했다. 그럼에도 불구하고 고양이에게는 긴 발톱들과 커다랗고 많은 이빨들이 있었으므로, 앨리스는 정중하게 대해야 한다고 느꼈다.

“체셔 고양이님.”

앨리스는 조금 자신없는 목소리로 입을 열었다. 고양이가 그렇게 불리는 것을 좋아하는지 싫어하는지 전혀 모르기 때문이었다. 그렇지만 고양이는 조금 더 크게 싱긋 웃을 뿐이었다.

“됐어, 기분이 좋은가 봐.”

앨리스는 생각했다. 그리고 앨리스는 말을 이었다.

“부탁인데, 말 좀 해줄래요, 내가 어느 길로 가야 할까요?”

“그거야 네가 가고 싶은 곳에 달렸지.”

고양이가 말했다.

“난 어디든 별로 상관없어요……”

앨리스가 말했다.

“그렇다면 어느 길로 가든 괜찮아.”

고양이가 말했다.

“어디든지 도착만 한다면요……”

앨리스는 설명하듯이 덧붙였다.

“오, 그렇게 되고말고. 꾸준히 걷는다면 말이야.”

고양이가 대꾸했다.

그건 틀림없는 말이었으므로, 앨리스는 다른 질문을 던졌다.

“이 근처에는 어떤 사람들이 살죠?”

고양이는 오른쪽 앞발을 흔들며 말했다.

“저쪽에는 모자 장수들이 살지. 그리고 저쪽에는.”

고양이는 왼쪽 앞발을 흔들었다.

“3월의 토끼가 살아. 네가 가고 싶은 곳으로 가렴. 둘 다 미쳤지만 말이야.”

“하지만 난 미친 사람들이 있는 곳에는 가고 싶지 않아요.”

앨리스는 주장했다.

“오오, 그래도 어쩔 수 없어. 여기 있는 것들은 모두 미쳤거든. 나도 미쳤어. 너도 미쳤고.”

고양이가 말했다.

“내가 미친 걸 당신이 어떻게 알죠?”

“너는 분명히 미쳤어. 미치지 않았다면 여기 오지 않았을 테니까.”

고양이가 대꾸했다.

앨리스는 엉터리라고 생각했다. 그렇지만 앨리스는 다시 물었다.

“그럼 당신이 미친 건 어떻게 알죠?”

“우선 첫째로, 개는 미치지 않았어. 그건 인정하지?”

“네.”

“흠, 그럼 말이야. 개가 화가 날 땐 으르렁거리고, 기분이 좋을 땐 꼬리를 흔드는 걸 보았을 거야. 그런데 나는 기분이 좋을 땐 으르렁거리고, 화가 날 땐 꼬리를 흔들거든. 그러니까 나는 미쳤지.”

“그건 으르렁거린다고 하는 게 아니라 목을 가르랑거린다고 하는 거예요.”

앨리스가 말했다.

“너 좋을 대로 부르렴. 그런데 오늘 여왕과 크로케 놀이를 할 거니?”

“정말 그러고 싶어요. 하지만 아직 초대를 받지 못했어요.”

“거기에서 나를 보게 될 거야.”

그렇게 말하고 고양이는 사라졌다.

앨리스는 이번에도 그다지 놀라지 않았다. 이젠 기묘한 일들이 일어나는 것에 꽤 익숙해졌기 때문이었다. 고양이가 앉아 있던 나뭇가지를 물끄러미 보고 있는데, 갑자기 고양이가 다시 나타났다.

고양이가 말했다.

"안녕, 그런데 아기는 어떻게 됐지? 묻는다는 걸 깜빡 잊을 뻔했지 뭐야."

"돼지로 변했어요."

고양이가 돌아올 줄 알았다는 듯이 앨리스는 담담하게 대답했다.

"그럴 거라고 생각했어."

그렇게 말하고 고양이는 다시 사라졌다.

앨리스는 다시 고양이가 나타나지 않을까 기대하며 조금 더 기다렸다. 그러나 고양이는 나타나지 않았고, 앨리스는 3월의 토끼가 산다고 들은 방향으로 걸어갔다.

"모자 장수들은 전에도 보았어. 아마 3월의 토끼가 훨씬 더 재미있을 거야. 그리고 이번 달은 5월이니까 토끼가 괜찮을지도 몰라. 적어도 3월처럼 그렇게 심하게 미쳐 있지는 않을 거야."

중얼거리며 앨리스는 고개를 들었다. 그런데 바로 머리 위 나뭇가지에 그 고양이가 다시 앉아 있었다.

"'돼지pig' 라고 했던가, 아니면 '무화과fig' 라고 했던가?"

고양이가 물었다.

"'돼지' 라고 했어요. 그런데 그렇게 갑자기 나타났다가 사라졌다

가 하지 말았으면 좋겠어요. 너무 어지러워요!"

"알았어."

고양이가 말했다. 그리고 이번에는 꼬리 끝부터 시작해서 매우 천천히 사라졌다. 그렇게 몸이 완전히 사라진 후, 고양이의 웃는 입이 마지막으로 사라졌다.

"어머나! 웃지 않는 고양이는 자주 보았지만, 고양이 없이 웃는 입만 남아 있는 건 본 적이 없어. 이렇게 이상한 일은 정말 처음이야."

얼마 가지 않아서 3월의 토끼가 사는 집이 보였다. 앨리스는 정말 어울리는 집이라고 생각했다. 그럴 수밖에 없는 것이 그 집의 굴뚝들은 토끼 귀 모양이고, 지붕은 토끼털로 이어져 있었다. 집이 너무 컸으므로 앨리스는 왼쪽 손에 있는 버섯을 조금 먹어서 키를 60센티미터 정도로 키운 후에 가까이 가야겠다고 마음먹었다. 그러나 키가 커진 후에도 앨리스는 꺼림칙한 마음을 떨치지 못하며 그 집을 향해서 걸어갔고, 계속 중얼거렸다.

"만약 토끼가 완전히 미쳐 있으면 어떻게 한담! 모자 장수를 만나러 갈걸 그랬어!"

제 7 장

엉망진창 파티

A Mad Tea-Party

집 앞 나무 아래에는 탁자가 놓여 있고, 3월의 토끼와 모자 장수 가 탁자에서 차를 마시고 있었다. 그 둘 사이에서 산쥐 한 마리가 깊 은 잠에 빠져 있었는데, 그 둘은 마치 산쥐가 쿠션인 양 산쥐의 몸에 팔꿈치를 얹고 산쥐의 머리 위에서 이야기를 주고받고 있었다.

앨리스는 생각했다.

"산쥐가 무척 불편하겠어. 잠이 들어서 모르고 있을 뿐이야."

탁자는 컸지만, 그 셋은 탁자 한쪽에 바짝 몰려서 앉아 있었다.

"자리가 없어! 자리가 없어!"

그들은 앨리스가 다가오는 것을 보고 소리를 질렀다.

"넉넉한데 뭘 그래요!"

앨리스는 퉁명스럽게 대꾸하고, 탁자 한쪽 끝에 있는 커다란 팔 걸이 의자에 앉았다.

In this Style
10/6

"포도주 좀 마실래?"

3월의 토끼가 달래듯이 말했다.

앨리스는 탁자 위를 꼼꼼하게 살폈지만, 차 밖에는 눈에 띄지 않았다.

"포도주가 없잖아요?"

앨리스가 말했다.

"없지."

3월의 토끼가 말했다.

"없는 포도주를 권하다니, 예의 없는 행동이에요."

앨리스가 화가 나서 말했다.

"초대도 안 했는데 마음대로 앉는 것도 예의 없는 행동이지."

3월의 토끼가 말했다.

"나는 이게 당신 탁자인 줄 몰랐어요. 3인용치고는 너무 큰걸요."

앨리스가 말했다.

"너 말이야, 머리카락을 자를 때가 된 것 같아."

모자 장수가 처음으로 입을 열었다. 그는 한동안 매우 흥미롭게 앨리스를 관찰하고 있었다.

"남의 일에 대해서 이러쿵저러쿵 말하는 게 아니라는 걸 모르는군요. 그건 정말 예의 없는 짓이에요."

앨리스는 조금 엄격하게 말했다.

모자 장수는 눈이 휘둥그레졌다. 그러나 그는 이렇게만 말했다.

"왜 까마귀와 책상이 닮았지?"

'어머, 이제 좀 재미있어지겠는걸!'

앨리스는 생각했다. 그리고 소리 내어 말했다.

"수수께끼라면 좋아요. 잘할 수 있어요."

"그럼 넌 그 수수께끼의 답을 맞힐 수 있다는 뜻이니?"

3월의 토끼가 물었다.

"그럼요."

"그럼 네가 생각하는 걸 말해야지."

3월의 토끼가 재촉했다.

앨리스는 당황해서 말했다.

"나는 언제나 내가 생각하는 걸 말하고 있어요. 그러니까 적어도…… 적어도 나는 내가 말하는 대로 생각하고 있어요. 그러니까 결국 똑같은 거예요. 그렇죠?"

모자 장수가 고개를 흔들었다.

"조금도 똑같지 않아! 네 말은 '내가 먹는 것이 보인다' 와 '내가 보는 것을 먹는다' 가 똑같다는 말인걸!"

3월의 토끼도 거들었다.

"네 말은 '내가 가진 것이 좋다' 와 '내가 좋아하는 것을 가졌다' 가 똑같다는 말인걸!"

산쥐도 잠꼬대를 하듯이 중얼거렸다.

"네 말은 '자면서 숨쉰다' 와 '숨쉬면서 잔다' 가 똑같다는 말인걸!"

"너에게는 똑같겠지."

모자 장수가 말했고, 대화는 끊어졌다. 일행은 얼마 동안 말없이 앉아 있었고, 그동안 앨리스는 까마귀와 책상에 대해서 곰곰이 생각했다.

모자 장수가 먼저 침묵을 깨뜨렸다.

"오늘이 며칠이지?"

그는 앨리스를 향해서 물었다. 그리고 자기 호주머니에서 시계를 꺼내 심각하게 들여다보면서, 가끔 흔들어보기도 하고 귀에 대보기도 했다.

앨리스는 잠깐 생각한 다음에 대답했다.

"4일이에요."

"이틀이나 틀리잖아!"

모자 장수는 한숨을 쉬었다. 그리고 화난 얼굴로 토끼를 돌아보면서 덧붙였다.

"내가 버터는 이 시계랑 맞지 않는다고 그랬지?"

"그건 제일 좋은 버터였는데."

3월의 토끼가 조그맣게 대답했다.

"물론 그랬겠지. 하지만 버터뿐만 아니라 빵 부스러기까지 들어간 게 틀림없어. 빵칼을 쓰지 말았어야지!"

모자 장수가 투덜거렸다.

3월의 토끼는 시계를 받아들고 울적한 얼굴로 들여다보았다. 그런 다음 토끼는 자기 찻잔 속에 시계를 담그고, 다시 들여다보았다. 그러나 더 나은 변명을 찾을 수가 없었는지 처음의 말을 되풀이했다.

"그건 정말 제일 좋은 버터였어."

호기심에 끌린 앨리스는 토끼의 어깨너머로 시계를 쳐다보았다. 그리고 깜짝 놀라며 중얼거렸다.

"어머, 이상한 시계잖아! 날짜는 표시되는데, 시간은 표시가 안 돼."

"뭐가 이상하다는 거야? 그럼 네 시계는 몇 년도인지 표시가 되나 보지?"

모자 장수가 퉁명스럽게 말했다.

"아니에요. 하지만 그건 같은 년도가 너무 길기 때문이죠."

앨리스는 자신 있게 대답했다.

"그건 내 시계도 마찬가지야."

모자 장수가 대꾸했다.

앨리스는 어안이 벙벙해졌다. 모자 장수의 말이 무슨 뜻인지 도무지 알 수가 없었다. 그렇지만 그건 분명히 영어였다.

"무슨 말인지 모르겠어요."

앨리스는 매우 정중하게 고백했다.

"이런, 산쥐가 다시 잠이 들었잖아?"

모자 장수가 말했다. 그리고 그는 산쥐의 콧등에 뜨거운 차를 조금 쏟았다.

산쥐가 마구 머리를 흔들며, 눈을 감은 채로 말했다.

"물론이지, 물론이야. 내가 말하려던 게 딱 그거야."

"이제 수수께끼는 풀었니?"

모자 장수가 다시 앨리스를 향해서 물었다.

"아니요, 못 풀겠어요. 답이 뭐예요?"

"나도 몰라."

모자 장수가 말했다.

"나도."

3월의 토끼가 말했다.

앨리스는 한숨을 쉬었다.

"풀 수 없는 수수께끼를 하며 시간을 낭비하는 대신 무언가 더 좋은 것을 할 수가 있을 거예요."

"네가 나만큼 시간에 대해서 잘 안다면, 시간 낭비라는 말은 하지 않을 텐데. 그에 대해서 말이야."

모자 장수가 말했다.

"난 당신 말뜻을 하나도 모르겠어요."

앨리스가 말했다.

모자 장수는 경멸하듯이 고개를 흔들었다.

"네가 일 턱이 없지! 시간과 말해본 적이 없을 테니 말이야!"

앨리스는 신중하게 대답했다.

"그럴지도 몰라요. 하지만 음악 공부를 할 때 시간을 맞춰야(박자를 맞춰야) 한다는 건 알고 있어요."

"아하! 그런 게 시간이라고 생각하는군. 그런데 시간은 맞춰지는 것을 좋아하지 않아. 네가 시간과 친해지기만 하면, 시간이 네가 좋은 시각에 대부분 시계를 맞춰줄 거야. 예를 들자면, 아침 9시야, 이제 공부를 시작할 시간이란 말이지. 그때 넌 시간에게 살짝 속삭이기만 하는 거야. 그럼 시간은 눈 깜짝할 사이에 시계를 돌려버리지! 완전히 한 바퀴 돌려서, 저녁 식사 시간을 만들어버리는 거야!" ("지금이 그러면 오죽 좋아." 3월의 토끼가 조그맣게 중얼거렸다.)

앨리스가 사려 깊게 말했다.

"그건 정말 근사하겠네요. 하지만 그렇게 되면 저녁 식사 시간이어도 배가 고프지 않을 텐데요."

"처음엔 그럴지도 모르지. 하지만 언제까지나 네가 원하는 만큼 시간을 세워둘 수가 있단다."

모자 장수가 말했다.

"당신은 그렇게 하고 있어요?"

앨리스가 물었다.

모자 장수는 슬픈 표정으로 고개를 흔들었다.

"그렇지가 못해! 우리는 지난 3월에 다투었어. 그러니까 저놈이 미치기 바로 전이었지. (이때 모자 장수는 자신의 찻숟가락으로 3월의 토끼를 가리켰다.) 그때 나는 하트 여왕님이 주최한 큰 음악회에서 노래를 부르게 되어 있었어.

　"펄럭, 펄럭, 작은 박쥐!
　　신기하게 난다네!"

너도 그 노래 들어봤지?
"비슷한 노래를 들은 적이 있어요."
앨리스가 말했다.
"다음 구절은 이렇단다."
모자 장수는 노래를 계속했다.

　"저 하늘 높은 곳에서
　쟁반처럼
　　펄럭, 펄럭—."

이때 산쥐가 몸을 흔들며, 자면서 노래를 부르기 시작했다.
"펄럭, 펄럭, 펄럭, 펄럭……."
그리고 산쥐는 끝없이 계속 노래를 불렀고, 마침내 그들은 산쥐를 꼬집어서 노래를 중단시켜야만 했다.
"그런데 말이야, 내가 아직 1절도 다 부르지 않았는데, 여왕이 소리를 질렀어. '시간을 죽이고 있잖아? 저놈의 목을 베어라!'"

"어쩜 그렇게 잔인할 수가!"

앨리스는 낮게 비명을 질렀다.

"그때 이후로 시간은 내가 부탁하는 것을 들어주지 않는단다. 그래서 우린 언제나 6시야."

모자 장수가 슬픈 목소리로 말했다.

그 순간 앨리스는 한 가지 사실을 깨닫고 물었다.

"그래서 이렇게 많은 찻잔들이 나와 있는 건가요?"

모자 장수는 한숨을 쉬었다.

"그래. 시간이 언제나 차를 마시는 시각이기 때문에 찻잔들을 닦을 시간도 없어."

"그럼 계속해서 탁자 둘레를 따라서 자리를 이동했군요?"

앨리스가 물었다.

"바로 그거야. 찻잔들을 다 쓸 때마다 자리를 옮긴단다."

모자 장수가 말했다.

"하지만 다시 처음 시작한 자리로 돌아오면 그때는 어떻게 해요?"

앨리스는 용기를 내어서 물었다.

"화제를 바꾸자."

하품을 하며, 3월의 토끼가 두 사람의 대화에 끼어들었다.

"그 이야기는 질렸어. 이제 어린 아가씨의 이야기를 들어보자구."

"미안하지만 할 이야기가 없어요."

깜짝 놀라며 앨리스는 고개를 흔들었다.

"그럼 산쥐에게 들어볼 수밖에!"

모자 장수와 토끼는 소리를 지르며 양쪽에서 산쥐를 꼬집었다.

"일어나, 산쥐야!"

산쥐가 천천히 눈을 떴다. 그리고 잠긴 목소리로 힘없이 말했다.

"자지 않았어. 너희들이 하는 이야기를 다 듣고 있었다구."

"이제 네가 이야기를 해봐!"

3월의 토끼가 말했다.

"그래요, 이야기를 해줘요!"

앨리스도 부탁했다.

"그런데 빨리빨리 말하도록 해. 그러지 않으면 이야기를 다 마치지도 않고 다시 잠이 들 거 아냐."

모자 장수가 덧붙였다.

"옛날에 어린 세 자매가 살았습니다."

산쥐는 바삐 이야기를 시작했다.

"자매의 이름은 엘시, 레이시, 틸리였고, 우물 밑바닥에서 살았습니다."

"어머, 그럼 뭘 먹고 살았죠?"

늘 먹고 마시는 데에 관심이 많은 앨리스가 물었다.

"그들은 당밀을 먹고 살았습니다."

산쥐는 잠깐 생각한 후에 말했다.

"그럴 리가 없어요. 그랬다가는 금세 병에 걸릴 텐데요."

앨리스는 부드럽게 산쥐의 말을 반박했다.

"그래서 그렇게 됐어. 큰 병에 걸렸지."

산쥐가 말했다.

앨리스는 그 이상한 생활 방식에 대해서 상상해보려고 조금 애를 썼지만, 도무지 이해할 수가 없었다. 그래서 앨리스는 다시 물었다.

"왜 그들은 우물 밑바닥에서 살고 있었죠?"

"차를 더 마시지그래."

3월의 토끼가 정색을 하고 앨리스에게 말했다.

"나는 아직 아무것도 안 먹었어요. 그러니까 더 먹을 수가 없죠."

앨리스는 화난 목소리로 대꾸했다.

"덜 먹을 수가 없다는 말이겠지."

모자 장수가 말했다.

"당신 의견을 아무도 안 물었어요."

앨리스가 퉁명스럽게 말했다.

"지금 개인적인 의견들을 말하고 있는 게 누구지?"

모자 장수가 의기양양하게 말했다.

앨리스는 이 말에 대답을 하지 못했다. 그래서 말없이 차를 마시고 버터 바른 빵을 먹었다. 그런 다음 다시 산쥐를 향해서 조금 전의 질문을 되풀이했다.

 Alice's Adventures in Wonderland

"왜 그들은 우물 밑바닥에서 살고 있었죠?"

산쥐는 다시 1~2분 정도 생각에 잠겼고, 그런 다음 대답했다.

"그게 당밀 우물이기 때문이지."

"그런 건 아무 데도 없어요!"

앨리스는 무척 화가 나기 시작했다. 그러나 모자 장수와 토끼는 계속 "쉬잇! 쉬잇!" 하며 앨리스에게 조용히 하라는 신호를 보냈고, 산쥐는 퉁명스럽게 대꾸했다.

"그렇게 계속 무례하게 굴거면, 네가 이야기를 끝내시ㄴ래."

앨리스는 몹시 부끄러워져서 말했다.

"어머, 아니에요. 계속해 줘요. 다시는 끼어들지 않을게요. 절대로요."

"절대로 말이지!"

산쥐가 성난 목소리로 말했다. 그렇지만 산쥐는 다시 이야기를 이어갔다.

"물론 그 세 자매는 퍼내는 방법을 배우고 있었습니다."

"뭘 퍼내요?"

약속을 잊고, 앨리스가 다시 물었다.

"그야 당밀이지."

이번에 산쥐는 생각하지 않고 바로 대꾸했다.

그때 모자 장수가 끼어들었다.

"난 깨끗한 컵이 필요해. 모두 한 자리씩 옆으로 옮기자."

그렇게 말하면서 모자 장수는 자리를 옮겼고, 산쥐가 모자 장수의 자리로 이동했다. 3월의 토끼는 산쥐의 자리로 이동했고, 앨리스는 매우 내키지 않았지만 3월의 토끼 자리로 이동했다. 자리를 바꾸어서 이득을 본 사람은 모자 장수밖에 없었다. 앨리스는 가장 큰 피해자였다. 3월의 토끼가 자기 접시에 우유를 엎질러놓았기 때문이었다.

앨리스는 다시 산쥐를 기분 나쁘게 만들고 싶지 않았으므로, 매우 조심스럽게 물었다.

"하지만 난 이해가 안 돼요. 어디에서 당밀을 퍼내요?"

"우물에선 물을 퍼내잖아. 그러니까 당밀 우물에선 당연히 당밀을 퍼낸다는 생각이 안 드니, 이 바보야?"

모자 장수가 말했다.

"하지만 그들은 우물 안에서 살았다면서요."

바보라는 말에 앨리스는 산쥐의 기분을 고려할 여유가 없었다.

"물론 우물 안에서 살았지."

산쥐가 말했다.

앨리스는 더욱더 어리둥절해졌고, 그래서 얼마 동안은 말없이 산쥐의 이야기에 귀를 기울였다.

"그들은 퍼내는 방법을 배우고 있었습니다."

다시 졸음이 쏟아지는지, 하품을 하고 두 눈을 비비면서 산쥐는 이야기를 계속했다.

"M으로 시작하는 온갖 것들을 퍼냈습니다……."

"왜 M으로 시작해요?"

앨리스가 물었다.

"그게 어때서?"

3월의 토끼가 통명스럽게 말했다.

앨리스는 입을 다물 수밖에 없었다.

그 사이 산쥐는 두 눈을 감고 끄덕끄덕 졸고 있었다. 그러나 모자 장수가 산쥐를 꼬집자 가느다란 비명소리를 내며 잠에서 깨어나 다시 이야기를 계속했다.

"M으로 시작되는 것들, 그러니까 쥐덫들mouse-traps이랑 달moon이랑, 추억memory이랑, 뭐 그런 비슷비슷한 것들much of a muchness부터 시작했습니다. 참, 그런데 넌 그런 것들을 퍼내는 걸 본 적이 있니?"

앨리스는 당황했다.

"아니, 난……."

"그럼 입 다물고 있어."

모자 장수가 말했다.

너무나 무례한 말투에 앨리스는 더 이상 참을 수가 없었다. 앨리스는 벌떡 일어나서 그 자리를 떠났다. 곧바로 산쥐는 잠이 들었

고, 3월의 토끼와 모자 장수는 앨리스가 떠나든 말든 조금도 상관하지 않았다. 그러나 앨리스는 혹시 그들이 다시 불러주지 않을까 기대하며 한두 번 뒤를 돌아보았다. 앨리스가 마지막으로 뒤를 돌아보았을 때, 그 둘은 산쥐를 찻주전자에 집어넣으려고 하고 있었다.

"무슨 일이 있어도 다시 저 자리에 끼지는 않을 거야!"

숲 속 길을 따라 걸으며 앨리스는 중얼거렸다.

"정말이지 저런 바보 같은 다과회는 생전 처음인걸!"

그 순간 앨리스는 문이 달려 있는 나무를 보았다.

"이상도 하지! 하지만 오늘은 모든 것이 이상한걸. 어쨌든 안으로 들어가봐야지."

그렇게 생각하고 앨리스는 안으로 들어갔다.

놀랍게도 그곳은 처음 앨리스가 서 있던 긴 복도였고, 옆에는 그 작은 유리 탁자가 서 있었다.

"좋아, 이번엔 잘해야지."

앨리스는 자그마한 황금 열쇠를 집어서 그 정원으로 들어가는 작은 문을 열었다. 그런 다음 (호주머니 속에 넣어두었던) 버섯을 먹어서 키를 30센티미터쯤으로 맞추었다. 작아진 앨리스는 그 작은 문을 통과했다. 그리고 마침내 화려한 꽃밭과 시원한 분수가 아름다운 그 정원에 들어섰다.

제 8 장

여왕의 크로케 경기

The Queen's Croquet-Ground

정원 입구에는 하얀 장미꽃들이 만발한 커다란 장미나무가 서 있었다. 그런데 세 명의 정원사들이 바쁜 손놀림으로 꽃들을 붉게 칠하고 있었다. 이상한 광경이었으므로 앨리스는 가까이 가보기로 마음먹었다. 그리고 그들에게 다가간 앨리스는 정원사 한 명이 투덜대는 소리를 들었다.

"조심해, 5번! 페인트가 튀잖아!"

"내 탓이 아니야. 7번이 내 팔꿈치를 쳤어."

5번이라고 불린 정원사가 퉁명스럽게 대꾸했다.

7번이 고개를 들고 빈정거렸다.

"잘한다, 5번! 언제나 남 탓이지!"

"너는 입 다무는 게 좋을걸! 여왕님이 어제 네 목을 베겠다고 말씀하셨다구."

5번이 말했다.

"아니, 무엇 때문에?"

처음에 입을 열었던 정원사가 물었다.

"네 일이나 해, 2번!"

7번이 소리쳤다. 5번이 말했다.

"그래, 네 일이나 하라구. 아니지 내가 말해주지. 글쎄 요리사에게 양파 대신에 튤립 뿌리를 가져갔거든."

7번은 들고 있던 솔을 내동댕이쳤다.

"그건, 정말 부당한……."

그 순간 7번은 자신들을 지켜보는 앨리스를 발견했다. 갑자기 그는 입을 다물었다. 다른 두 사람도 앨리스를 돌아보았고, 세 명의 정원사는 깊이 허리를 숙여서 인사를 했다. 앨리스는 물었다.

"설명 좀 해주세요. 왜 장미꽃들을 칠하고 있죠?"

5번과 7번은 아무 말 없이 2번을 쳐다보았다. 2번이 낮은 목소리로 대답을 했다.

"그게, 사실은 아가씨, 이 자리엔 빨간색 장미꽃 나무를 심었어야 했는데, 우리가 그만 실수로 하얀색 장미꽃 나무를 심어버렸답니다. 이걸 여왕님이 아시면 우리들 목이 잘릴 게 뻔하거든요. 그래서 보시다시피, 여왕님이 납시기 전에 꽃들을 모두 칠하려는 것이죠."

그때 불안한 얼굴로 정원 건너편을 바라보고 있던 5번이 비명을 질렀다.

"여왕님이다! 여왕님이 오신다!"

동시에 세 명의 정원사는 땅바닥에 얼굴이 닿을 정도로 납작 엎드렸다. 수많은 발자국 소리들이 저벅저벅 울려왔다. 앨리스는 여왕을 보려고 두리번거렸다.

맨 앞에서 행진해오는 것은 클로버를 든 열 명의 병사들이었다. 그들은 정원사들과 똑같이 몸이 네모나고 납작했으며, 두 손과 두 발은 네모 귀퉁이에 각각 달려 있었다. 그 뒤에는 온몸을 다이아몬드로 번쩍번쩍 장식한 신하들이 병사들과 마찬가지로 두 줄로 행렬을 지어 걸어왔다. 바로 그 뒤에는 열 명의 왕자와 공주들이 두 명씩 손을 잡고 깡충거리며 즐겁게 따라왔다. 그 아이들은 모두 하트 모양의 장식품을 달고 있었다. 그 뒤에는 손님들이 걸어왔다. 대부분 왕들과 왕비들이었는데, 앨리스는 하얀 토끼가 그 속에 끼어 있는 것을 보았다. 토끼는 주변 사람들과 이야기하는 데 바빠서 미처 앨리스를 보지 못하고 지나쳤다. 손님들 뒤로 왕관을 얹은 빨간 비단 방석을 든 하트 잭이 걸어왔다. 그리고 마침내 이 화려한 행렬의 마지막으로 하트 왕과 하트 여왕이 모습을 나타냈다.

앨리스는 정원사들처럼 자신도 땅에 엎드려야 되는지 조금 고민했다. 하지만 행렬을 만나면 그렇게 해야 된다는 규칙은 들은 기억이 없었다.

'게다가, 저렇게 납작하게 엎드리면 행렬을 볼 수 없을 거 아냐?'

그렇게 생각한 앨리스는 그냥 가만히 서서 행렬을 기다렸다.

행렬이 앨리스 앞까지 왔을 때, 그들은 모두 행진을 멈추고 앨리스를 쳐다보았다. 여왕이 사나운 목소리로 물었다.

"이 아인 누구지?"

여왕은 하트 잭에게 물었지만, 하트 잭은 더욱더 허리를 깊이 숙이며 대답 대신 미소를 지을 수밖에 없었다.

"멍청이!"

여왕은 머리를 마구 흔들었다. 그리고 앨리스를 쳐다보며 물었다.

"이름이 뭐냐, 애야?"

"제 이름은 앨리스입니다, 여왕 폐하."

앨리스는 공손하게 대답했다. 하지만 마음속으로 이렇게 속삭였다.

'기껏해야 트럼프들에 불과해. 무서워할 필요 없어.'

"이 자들은 또 누구지?"

이번에 여왕은 손가락으로 장미나무 옆에 납작 엎드려 있는 세 명의 정원사들을 가리켰다. 그럴 수밖에 없는 것이 엎드려 있는 정원사들의 등 모양이 나머지 일행과 똑같았으므로, 여왕은 그들이 정원사들인지, 병사들인지, 신하들인지, 아니면 자신의 아이들인지 도무지 알 수가 없었다.

"왜 저한테 물으세요? 제 일도 아닌데요."

앨리스는 대답을 하고, 자신의 대담성에 깜짝 놀랐다.

여왕의 얼굴이 분노로 빨갛게 변했다. 여왕은 사나운 짐승처럼

앨리스를 노려보다가 소리쳤다.

"이 아이의 목을 쳐라! 목을 쳐라!"

"말도 안 돼요!"

앨리스는 큰 소리로 항의했고, 여왕은 입을 다물었다.

왕이 여왕의 팔에 손을 얹으며 나지막이 말했다.

"진정해요, 아직 어린 아이잖소!"

여왕은 잭을 돌아보았다.

"저것들을 뒤집어라!"

잭은 매우 조심스럽게 한쪽 발로 여왕이 시키는 대로 했다.

"일어서라!"

여왕의 명령이 떨어지자마자 정원사들은 벌떡 일어섰다. 그런 다음 왕이며, 여왕이며, 왕자들이며, 신하들이며, 닥치는 대로 모든 사람들에게 굽실굽실 절을 하기 시작했다.

여왕이 소리쳤다.

"그만두지 못해! 눈이 빙빙 돌지 않느냐."

그런 다음 여왕은 장미나무를 쳐다보고 물었다.

"도대체 여기에서 무엇을 하고 있었지?"

"여왕 폐하, 저희들은……."

2번 정원사가 한쪽 무릎을 꿇고 떨리는 목소리로 입을 열었다.

그사이 여왕은 검사하듯이 장미꽃들을 살펴보다가 소리쳤다.

"알았다! 저놈들의 목을 쳐라!"

행렬은 다시 움직이기 시작했고, 정원사들을 처형하기 위해서 세 명의 병사들이 뒤에 남았다. 가엾은 정원사들은 앨리스에게 달려왔다.

"목을 베다니, 있을 수 없는 일이에요!"

앨리스는 옆에 서 있는 커다란 화분 안에 정원사들을 집어넣었다. 세 명의 병사들은 1~2분쯤 두리번거리다가 행렬의 뒤를 따라갔다.

"목은 베었겠지?"

여왕이 큰 소리로 물었다.

"분부대로 목을 베었습니다!"

병사들도 큰 소리로 대답했다.

"잘했다! 크로케 놀이는 할 줄 아느냐?"

병사들은 잠자코 앨리스를 쳐다보았다. 여왕이 앨리스에게 묻고 있기 때문이었다.

"네, 할 줄 알아요."

앨리스도 큰 소리로 대답했다.

"그럼 이리 오너라!"

여왕이 고함을 쳤다. 앨리스는 다음엔 무슨 일이 일어날지 무척 궁금해하며 행렬 속으로 끼어들었다.

"날씨 참 좋지!"

옆에서 낮은 목소리가 들려왔다. 바로 옆에서 하얀 토끼가 걱정스러운 얼굴로 앨리스를 빤히 쳐다보고 있었다.

"그렇네요. 그런데 공작 부인은 어디 있어요?"

앨리스가 물었다.

"쉿! 쉿!"

토끼는 당황해하며 목소리를 낮추었다. 토끼는 불안한 표정으로 뒤를 힐끔힐끔 돌아본 다음, 까치발로 서서 앨리스 귓가에 입술을 바짝 대고 속삭였다.

"공작 부인은 사형 선고를 받았어."

"어쩌다가요?"

"안됐단 말이니?"

토끼가 물었다.

"아니요, 안됐단 생각은 들지 않아요. 그냥 궁금해서요."

"공작 부인이 여왕님의 따귀를 때렸단다."

앨리스는 조그맣게 웃음을 터뜨리고 말았다.

"쉿, 조용히 해!"

토끼가 깜짝 놀라며 속삭였다.

"여왕님이 듣겠어! 공작 부인이 많이 늦었거든. 그랬더니 여왕님이……."

"자리들 잡도록!"

여왕이 천둥같이 소리쳤다. 사람들이 서로 뒤엉켜서 우왕좌왕 뛰기 시작했다. 하지만 곧 그들은 자리를 잡았고, 게임이 시작되었다.

앨리스는 이렇게 이상한 크로케 경기장은 본 적이 없었다. 바닥은 마치 밭이랑과 고랑처럼 온통 울퉁불퉁했다. 크로케 공은 살아 있는 고슴도치였고, 공을 치는 망치는 살아 있는 홍학이었다. 공이 통과하는 골대는 병사들이 두 손과 두 발로 엎드려서 만들었다.

당장 앨리스는 홍학을 어떻게 다루어야 할지 고민스러웠다. 앨리스는 되도록 부드럽게 홍학의 몸을 옆구리에 끼고 홍학의 머리로 공을 칠 준비를 했다. 하지만 그 순간 홍학이 몸을 틀어서 어리둥절한 표정으로 앨리스의 얼굴을 바라보자 앨리스는 웃음을 참을 수가 없었다. 다시 홍학의 머리를 아래로 해서 공을 치려고 하자, 이번에는 고슴도치가 몸을 펴고 꾸물꾸물 기어가버렸다. 게다가 경기장은 울퉁불퉁하고, 구부렸던 병사들은 제멋대로 일어나서 경기장의 다른 곳으로 걸어가는 것이었다. '이건 너무 어려운 경기인걸.' 앨리스는 한숨을 쉬었다.

선수들은 차례를 기다리지 않고 동시에 움직였고, 서로 고슴도치를 차지하려고 다투었다. 그 사이 잔뜩 화가 난 여왕은 발을 구르며 계속 소리를 질렀다.

"저놈의 목을 베어랏!"

"저 여자의 목을 쳐랏!"

앨리스는 불안해지기 시작했다. 물론 아직까지는 여왕과 크게 충돌하지 않았지만, 언제 여왕과 부닥칠지 알 수 없는 일이었다.

"어떡하지? 여기 사람들은 목을 베는 걸 너무 좋아해. 정말 살아 있는 사람이 있다는 게 신기하다니까."

앨리스는 달아날 길을 찾기 위해서 주위를 두리번거렸다. 그리고 어떻게 해야 다른 사람들이 눈치채지 못하게 빠져나갈 수 있을지 고민했다. 그때 공중에 이상한 모습이 눈에 띄었다. 처음엔 이해할 수가 없었지만, 잠시 후 앨리스는 그것이 능청스러운 미소라는 것을 알았다. 앨리스는 남몰래 중얼거렸다.

"체셔 고양이야. 이제 말할 상대가 생겼어."

"안녕?"

미소 주위에 입 모양이 나타나자, 고양이가 바로 인사를 했다.

앨리스는 고양이의 두 눈이 나타나기를 기다리며, 대답 대신 고개를 끄덕였다.

'말해봐야 소용없지. 두 귀가 나타나야, 아니 적어도 한쪽 귀라도 나타나야 들을 테니까 말이야.'

앨리스는 생각했다. 고양이 머리가 완전히 나타날 때까지 기다린 후에 앨리스는 홍학을 내려놓고 경기에 대해서 이야기하기 시작했다. 말을 들어주는 상대가 있다는 것이 무척 기뻤다. 이 정도 모습을 드러내면 충분하다고 생각하는지 고양이는 더 모습을 드러내지 않았다.

"이건 완전히 엉터리 경기야."

앨리스는 불만스러운 목소리로 이야기를 이어나갔다.

"모두들 다른 사람들 말은 듣지도 않고 싸우기만 해. 규칙은 아예 없는 것 같다니까. 설사 있다 해도 아무도 규칙 따위는 신경 쓰지 않

아. 게다가 모두 살아 있으니 정신이 없지 뭐야? 문들은 멋대로 걸어가 버리고, 이제 막 여왕님의 고슴도치를 쳐야 하는데 내 고슴도치가 오는 걸 보더니 달아나 버리잖아!"

"여왕은 마음에 들어?"

고양이가 나지막이 말했다.

"전혀. 여왕은 너무나……."

바로 그때 여왕이 앨리스 뒤로 다가와서 귀를 기울였다. 앨리스는 급히 말을 이었다.

"여왕님이 이길 게 너무나 확실해. 게임을 끝까지 할 필요도 없을 정도인걸."

여왕은 미소를 지으며 다른 곳으로 걸어갔다.

"누구랑 이야기를 하고 있지?"

왕이 다가와서 물었다. 그리고 매우 놀란 표정으로 고양이의 머리를 쳐다보았다.

"제 친구 체셔 고양이예요."

"나는 저런 모습은 질색이다. 그렇지만 원한다면 내 손에 키스를 하게 허락하마."

왕이 말했다.

"괜찮은데요."

고양이가 대꾸했다.

"무례한 녀석, 그렇게 나를 빤히 보지 마라!"

   Alice's Adventures in Wonderland

그렇게 말하며 왕은 앨리스 뒤에 몸을 숨겼다.

"고양이도 임금님을 볼 수가 있는걸요. 어떤 책에서 읽은 적이 있어요. 어느 부분이었는지 기억은 나지 않지만요."

앨리스가 말했다.

"아무튼 저 고양이는 없애야 되겠다."

왕은 매우 단호하게 말했다. 그리고 마침 옆을 지나가는 왕비를 불렀다.

"여보! 저 고양이를 좀 없애 주구려!"

어떤 문제든지 여왕의 해결 방법은 딱 하나였다.

"저놈의 목을 베어버려랏!"

여왕은 쳐다보지도 않고 말했다.

"내가 가서 사형 집행인을 데려와야지."

왕은 급히 떠났다.

앨리스는 돌아가서 경기가 어떻게 되어가는지 보아야겠다고 생각했다. 멀리에서 여왕의 고함 소리가 들려왔다. 여왕은 그동안에도 벌써 차례를 놓친 죄로 세 명에게 사형 선고를 내렸다. 앨리스는 언제가 자기 차례인지조차 도무지 알 수 없는 혼란스러운 경기장에 가기가 싫어졌다. 그래서 도망친 고슴도치나 찾기로 마음먹었다.

앨리스의 고슴도치는 다른 고슴도치와 싸우고 있었다. 앨리스에겐 지금이 공을 칠 수 있는 절호의 기회로 보였다. 단지 문제는 앨리스의 홍학이 경기장 반대편에서 껑충껑충 뛰어다니는 것이었다. 앨리스는 제 딴에는 나무 위로 날아올라가겠다고 기를 쓰고 있는 홍학을 볼 수 있었다.

홍학을 붙잡아서 돌아왔을 땐 싸움은 이미 끝이 났고, 고슴도치들은 어딘가로 사라져버린 후였다.

"뭐가 문제람. 어차피 문들이 저쪽 끝으로 가버렸는걸 뭐."

그래서 앨리스는 다시 도망치지 못하게 홍학을 옆구리에 끼고 고양이와 좀더 이야기를 나누기 위해 돌아갔다.

체셔 고양이가 있는 곳에 도착한 앨리스는 사람들이 모여 있는 것을 보고 깜짝 놀랐다. 그 사람들 가운데에서 사형 집행인들과 왕과 왕비가 한꺼번에 떠들고 있었다. 그들을 둘러싼 다른 사람들은 입을 꾹 다문 채 매우 불안한 표정들이었다.

그 순간 앨리스가 나타났고, 앨리스를 보자 그들은 문제를 해결해 달라고 부탁했다. 그러나 그들이 한꺼번에 떠들어댔으므로 앨리스는 간신히 그들의 말을 알아들을 수가 있었다.

사형 집행인은 몸뚱이가 있어야 목을 잘라낼 것이 아니냐고 호소했다. 전에는 이런 경우를 본 적도 없고, 이렇게는 도저히 일을 할 수가 없다고 주장했다.

왕은 머리가 있는데 벨 목이 왜 없느냐며, 그런 엉터리 같은 소리는 하지 말라고 사형 집행인을 몰아세웠다.

여왕은 당장 무슨 일이든 하지 않으면, 모두 목을 베어버리겠다는 표정으로 주위를 노려보고 있었다. (사실 사람들의 표정이 그렇

게 우울하고 불안한 것은 여왕의 그런 시선 때문이었다.)

앨리스는 어찌할 바를 몰랐다. 단지 이렇게 말할 뿐이었다.

"저 고양이는 공작 부인의 고양이예요. 공작 부인에게 물어보시는 게 좋겠어요."

"공작 부인은 감옥에 있어. 당장 가서 공작 부인을 이리 데려오너라."

여왕은 사형 집행인에게 명령했다.

사형 집행인은 화살처럼 빨리 달려갔다.

고양이의 머리가 서서히 사라지기 시작했다. 사형 집행인이 공작 부인을 데리고 돌아왔을 때 고양이는 이미 완전히 사라진 뒤였다. 왕과 사형 집행인은 펄쩍펄쩍 뛰며 고양이를 찾아서 이리저리 뛰어다녔다. 그러는 동안 다른 사람들은 다시 크로케 경기를 시작했다.

제 9 장

가짜 거북의 이야기

The Mock Turtle's Story

"너를 다시 만나서 얼마나 기쁜지 모르겠구나, 귀여운 아이야!"

공작 부인이 다정하게 앨리스의 팔짱을 꼈고, 두 사람은 함께 걸었다.

공작 부인이 매우 유쾌해 보였으므로 앨리스는 기분이 좋았다. 그래서 어쩌면 처음 부엌에서 만났을 때 공작 부인이 그렇게 심술맞게 군 것은 단지 후추 때문일 것이라고 생각했다.

앨리스는 속으로 생각했다.

'내가 공작 부인이라면, 부엌에 후추 같은 건 절대로 두지 않을 거야. 후추를 치지 않아도 수프는 맛이 좋은걸. 아마 후추가 사람들을 화나게 만드는가 봐.'

앨리스는 새로운 규칙을 발견한 것 같아서 무척 기뻤다. 앨리스는 계속 생각했다.

'그리고 식초는 사람들을 까다롭게 만들고, 카모마일 차는 사람들을 신랄하게 만들어. 그리고, 그리고 보리엿 같은 것들은 아이들을 말 잘 듣게 만들지. 그런데 사람들이 그런 사실을 안다면 아이들에게 사탕을 주는데 그렇게 인색하지는 않을 텐데 말이야……'

앨리스는 골똘히 생각에 잠겨서 그만 공작 부인의 존재를 까맣게 잊어버렸다. 그래서 공작 부인이 바로 옆에서 속삭이자 조금 당황했다.

"딴 생각을 하고 있구나, 대화하는 것도 잊을 정도로 말이야. 지금 당장 그것의 교훈이 뭐라고 말은 못하겠다만, 곧 그것에 대한 교훈이 생각날 거다."

"어쩌면 그것에 대한 교훈은 없을 수도 있죠."

앨리스가 용감하게 말했다.

공작 부인은 고개를 흔들었다.

"쯧쯧, 애야! 모든 것에는 교훈이 있단다. 네가 찾아낼 수만 있다면 알 수가 있지."

그렇게 말하면서 공작 부인은 앨리스 옆으로 더욱 바짝 다가왔다.

앨리스는 공작 부인이 너무 가까이 다가오는 것이 마음에 들지 않았다. 공작 부인이 무척 못생겼기 때문이었다. 게다가 공작 부인의 키는 앨리스의 어깨 위에 딱 턱을 얹기 좋은 높이인데다가 턱이 무척 뾰족했다. 그러나 앨리스는 버릇없이 굴고 싶지는 않았다. 그래서 참을 수 있는 데까지 참아보자고 마음먹었다.

"이제 경기가 좀 제대로 진행되는 것 같네요."

대화를 이어나가기 위해서 앨리스가 말했다.

"그렇구나. 이것의 교훈은 이렇게 말할 수 있겠어. '아, 사랑, 사랑이여. 세상을 돌아가게 만드는 것이여!'"

앨리스는 조그맣게 속삭였다.

"어떤 사람이 그러는데요, 세상을 돌아가게 하는 건 사람들이 각자 자기 일에 신경 쓰기 때문이래요."

"아, 물론이지! 그건 둘 다 같은 뜻이란다."

공작 부인은 날카로운 턱으로 앨리스의 어깨를 찍어누르면서 덧붙였다.

"그리고 그 교훈은 말이야, '의미에 신경 쓰라. 그러면 소리는 저절로 따라온다' 는 것이란다."

'정말 무슨 일에서든 교훈을 찾는 것을 좋아하나 봐!'

앨리스는 속으로 생각했다.

"너는 내가 왜 네 허리에 팔을 두르지 않는지 궁금할 거야. 그건 말이야, 그 홍학이 얌전한지 어떤지 몰라서 그래. 어디 한번 시험해볼까?"

"물지도 몰라요."

그런 시험은 전혀 반갑지 않았으므로, 앨리스는 조심스럽게 주장했다.

공작 부인은 고개를 끄덕였다.

"아마 그럴 거야. 홍학이랑 겨자는 둘 다 물거든(bite, 물다, 톡 쏘다라는 뜻이 있다—옮긴이). 그리고 그것의 교훈은 '유유상종'이라고 할 수 있지."

"하지만 겨자는 새가 아니잖아요?"

앨리스가 말했다.

"그래, 평소엔 그렇지. 넌 사물을 명확하게 구분하는구나."

"제 생각엔 그건 광물 같아요."

앨리스가 다시 주장했다.

"물론 네 말이 맞고말고."

앨리스의 말이라면 무엇이든지 동의할 준비가 되어 있는 사람처럼 공작 부인은 즉시 맞장구를 쳤다.

"이 근처에 커다란 겨자 광산이 있단다. 그리고 그것의 교훈은 이런 것이지. '내 것(mine, 광산, 내 것이라는 뜻이 있다—옮긴이)이 점점 많아질수록, 다른 사람의 것은 점점 적어진다.'"

앨리스가 갑자기 소리쳤다. 앨리스는 공작 부인의 마지막 말은 거의 귀담아듣지 않았다.

"아, 알았어요! 겨자는 채소예요. 그렇게 보이지는 않지만 채소예요."

"그렇고말고. 그리고 그것의 교훈은 말이야. '다른 사람들이 보아주기를 바라는 대로 행동하라.' 좀 더 단순하게 말하자면, '네 자신이 다른 사람들의 눈에 보이는 것 이상의 다른 무엇일 거라고 결

 Alice's Adventures in Wonderland

코 상상하지 마라. 네가 다른 무엇이었거나 혹은 다른 무엇일 수도 있었다면 다른 사람들의 눈에도 다른 무엇으로 보였을 테니까.'"

"지금 하신 말씀이 글로 씌어 있었더라면 제가 좀더 잘 이해할 수 있을 거예요. 하지만 말로 들으니까 무슨 말인지 확실히 이해가 되지 않아요."

앨리스는 매우 공손하게 말했다.

"마음만 먹으면 내가 말할 수 없는 것은 아무것도 없단다."

공작 부인이 기쁜 목소리로 대답했다.

"제발 지금보다 더 길게 말하는 수고는 하지 마세요."

앨리스가 부탁했다.

"오, 수고라니! 그럼 말이다, 지금까지 내가 한 모든 말들을 너에게 선물로 주마."

공작 부인이 말했다.

앨리스는 생각했다.

'정말 돈 안 드는 선물이야! 사람들이 그런 걸 생일 선물로 주지 않아서 다행이지 뭐야!'

그러나 앨리스는 감히 그 생각을 입 밖으로 내어서 말하지는 못했다.

"또 무슨 생각을 하지?"

또다시 뾰족한 턱으로 앨리스의 어깨를 찍어누르며 공작 부인이 물었다.

"전 생각할 권리가 있어요."

앨리스는 공작 부인이 조금 귀찮아지기 시작했으므로, 퉁명스럽게 대꾸했다.

공작 부인이 말했다.

"돼지가 날아다닐 수 있는 만큼의 권리는 있지. 그리고 그것의 교……."

갑자기 공작 부인은 말을 잇지 못했다. 그렇게 좋아하는 교훈이라는 말조차 끝을 맺지 못한 채 공작 부인은 팔을 부들부들 떨었다. 깜짝 놀란 앨리스는 고개를 들었다. 바로 두 사람의 눈 앞에 팔짱을 낀 여왕이 먹구름 낀 하늘처럼 잔뜩 찌푸린 얼굴로 서 있었다.

"화창한 날입니다, 여왕 폐하!"

공작 부인은 불면 꺼질 듯 조그만 목소리로 인사를 했다.

"경고하는데, 너든지 너의 머리든지 사라져야만 한다. 지금 당장 말이야. 자, 선택을 해라!"

공작 부인은 선택을 했다. 순식간에 공작 부인은 모습을 감추었다.

"경기를 계속하자."

여왕이 앨리스에게 말했다. 앨리스는 겁에 질려서 아무 말도 할 수가 없었지만, 천천히 여왕의 뒤를 따라서 크로케 경기장으로 갔다.

다른 손님들은 여왕이 없는 틈을 타서 나무 그늘에서 쉬고 있었다. 그렇지만 여왕이 눈에 띄자마자 그들은 황급히 다시 경기장으로 돌아갔다. 여왕은 경기를 지연시키는 사람은 목을 베겠다고 경고했다.

경기를 하는 동안 여왕은 끊임없이 다른 경기자들과 말싸움을 벌이고 끊임없이 소리쳤다.

"저놈의 목을 베어라!"

"저 여자의 목을 베어라!"

사형 선고를 받은 사람들은 병사들의 감시를 받아야 했고, 따라서 공이 통과하는 문 역할을 해야 하는 병사들은 하나씩 자기 위치를 떠나야만 했다. 그렇게 해서 반 시간쯤 지나자 병사들은 한 명도 남지 않았고, 다른 경기자들은 모두 사형 선고를 받았다. 남은 사람은 왕과 왕비, 앨리스뿐이었다.

여왕이 숨을 헐떡이며 앨리스에게 물었다.

"가짜 거북을 본 적이 있느냐?"

"아니요. 가짜 거북이 뭔지도 모르는걸요."

앨리스가 대답했다.

"가짜 거북 수프를 만드는 것 말이다."

여왕이 다시 말했다.

"전 그런 건 본 적도, 들은 적도 없어요."

앨리스가 말했다.

"그럼 따라오너라. 가짜 거북이 너에게 자기 이야기를 해줄 테니까."

그들은 함께 출발했다. 앨리스는 왕이 사람들을 향해 조그맣게 말하는 소리를 들었다.

Alice's Adventures in Wonderland

"너희들을 모두 사면한다."

'어머, 잘됐다!'

사형 선고를 받은 많은 사람들 때문에 기분이 우울했던 앨리스는 마음속으로 몰래 기뻐했다.

그들은 곧 햇볕을 쬐며 잠들어 있는 그리폰 앞에 도착했다. (그리폰이 무엇인지 모른다면 그림을 보라.)

"일어나, 게으름뱅이야!"

여왕이 말했다.

"여기 작은 아가씨를 데리고 가서 가짜 거북을 보여주어라. 그리고 가짜 거북에게 이야기를 해주라고 해. 나는 돌아가서 명령대로 사형이 집행되는지 지켜봐야겠어."

그리고 여왕은 그리폰 옆에 앨리스를 남겨두고 떠났다. 앨리스는 그리폰의 생김새가 조금도 마음에 들지 않았지만, 무시무시한 여왕을 쫓아가는 것이나 이 괴물과 함께 있는 것이나 별로 다를 게 없다고 생각했다.

그리폰이 일어나 앉아서 두 눈을 비볐다. 그런 다음 여왕이 완전히 보이지 않게 될 때까지 지켜보다가 킬킬킬 웃었다.

"아이고, 우스워라!"

그리폰은 혼잣말인지, 앨리스에게 하는 말인지 소리를 내어서 중얼거렸다.

"뭐가 우스워?"

앨리스가 물었다.

"여왕 말이야, 모두 혼자 상상하는 거야. 그뿐이야. 그들은 결코 아무도 처형 안 했어. 자, 따라와!"

'여기에선 모두들 "따라와!"라고 말하는구나.'

그 생각을 하며 앨리스는 천천히 그리폰의 뒤를 따라갔다.

"정말이지 내 평생 동안 이렇게 많은 명령을 받은 적은 한 번도 없어, 한 번도!"

얼마 가지 않아서 그들은 저쪽 작은 바위 가장자리에 슬픈 듯이 홀로 앉아 있는 가짜 거북을 발견했다. 거북 쪽으로 걸어가던 앨리스는 심장이 깨지는 듯한 깊은 한숨 소리를 들었다. 앨리스는 가짜 거북이 무척 가엾게 느껴졌다.

"왜 저렇게 슬퍼하는 걸까?"

앨리스는 그리폰에게 물었다. 그리폰은 조금 전과 거의 같은 대답을 했다.

"모두 혼자 상상하는 거야, 그뿐이야. 슬픈 일 같은 건 없어. 자, 따라와!"

그래서 그들은 가짜 거북에게 다가갔다. 가짜 거북은 아무 말도 없이 눈물이 담뿍 담긴 커다란 두 눈으로 그들을 쳐다보았다.

"이 삭은 아기씨가 너의 지나온 이야기를 듣고 싶어해."

그리폰이 말했다.

"그럼 말해주지."

낮고 힘없는 목소리로 가짜 거북이 말했다.

"앉아, 너희 둘 다. 그리고 내 이야기가 끝날 때까지 한 마디도 하지 마."

그래서 그들은 앉았고, 잠시 동안 아무도 입을 열지 않았다. 앨리스는 속으로 생각했다.

'시작도 하지 않는데 어떻게 끝이 나겠어?'

하지만 앨리스는 참을성 있게 기다렸다.

마침내 깊은 한숨을 쉬며 가짜 거북이 이야기를 시작했다.

"예전에 나는 진짜 거북이었어."

이 말 뒤에 길고 긴 침묵이 흘렀다. 간간이 그리폰의 헛기침 소리와 가짜 거북의 끊임없는 흐느낌 소리만이 침묵을 깨뜨렸다. 앨리스는 그만 일어나서 작별 인사를 하고 가버리고 싶었다.

"고마워, 얘기 재미있었어."

하지만 이야기가 더 있을 것이 틀림없었으므로, 앨리스는 꼼짝하지 않고 앉아서 말없이 기다릴 수밖에 없었다.

"우리가 어렸을 때."

드디어 가짜 거북이 조금 진정된 목소리로, 그러나 여전히 훌쩍이며 다시 이야기를 시작했다.

"우리는 바닷속 학교에 다녔어. 선생님은 늙은 거북이었는데, 우린 그분을 땅에 사는 거북이라고 불렀어."

"땅에 살지 않는데 왜 땅에 사는 거북이라고 불렀어?"

앨리스가 물었다.

"우리를 가르쳤으니까 그렇게 불렀지(tortoise의 발음은 taught us, 즉 '우리를 가르쳤다'와 비슷하다—옮긴이). 너 정말 멍청하구나!"

가짜 거북이 화난 목소리로 말했다.

"그런 바보 같은 질문을 하다니 부끄러운 줄 알아!"

그리폰이 거들었다. 그런 다음 그들은 입을 다물고 앉아서 가엾은 앨리스를 노려보았다. 앨리스는 땅 속으로 꺼져버리고 싶었다. 마침내 그리폰이 가짜 거북에게 말했다.

"계속해, 친구! 이러다간 하루도 모자라겠어."

가짜 거북은 이야기를 계속했다.

"그래, 우리는 바닷속 학교에 다녔어. 너는 믿지 않겠지만 말이야."

"믿지 않는다고 말한 적 없어!"

앨리스가 항의했다.

"말했잖아?"

가짜 거북이 말했다.

"조용히 해!"

앨리스가 다시 무슨 말을 하지 못하도록 그리폰이 덧붙였다. 가짜 거북은 이야기를 계속했다.

"우리는 최고의 교육을 받았어. 사실, 날마다 학교에 다녔지."

"나도 학교에 다니는걸. 그러니까 그건 그렇게 자랑할 일이 아니야."

앨리스가 다시 참견했다.

"별도도 있었어?"

가짜 거북이 조금 걱정스럽게 물었다.

"물론이지. 우린 프랑스어와 음악."

"세탁도?"

가짜 거북이 다시 물었다.

"천만에!"

앨리스는 화를 내며 고개를 흔들었다.

"그래! 그럼 네가 다닌 학교는 정말 좋은 학교는 아니로군."

가짜 거북은 크게 안심한 목소리로 말을 이었다.

"우리 학교 청구서 마지막 줄에는 늘 이렇게 적혀 있었지. '프랑스어, 음악, 세탁—별도.'"

앨리스가 말했다.

"바다 밑에서 사는데 그렇게 많은 것들을 배울 필요는 없잖아?"

"난 그것들을 배울 여유가 없었어. 겨우 정규 과정만 받았거든."

한숨을 쉬며 가짜 거북이 말했다.

"정규 과정이 뭔데?"

앨리스가 물었다.

"당연히 비틀기(reeling은 읽기reading의 말장난이다—옮긴이)와 몸부림치기(writhing은 쓰기writing의 말장난—옮긴이)부터 배웠지. 그런 다음 산수를 배웠어. 야망(ambition은 더하기addition의 말장난—옮긴이), 혼 빼놓기(distraction은 빼기subtraction의 말장난—옮긴이), 추화(uglification은 곱셈multiplication의 말장난—옮긴이), 그리고 조롱(derision은 나누기division의 말장난—옮긴이)을 말이야."

"추화는 처음 듣는데, 그게 뭐야?"

앨리스가 용기를 내어서 물었다.

그리폰이 깜짝 놀라며 양쪽 앞발을 쳐들었다.

"추화를 처음 들었다고! 그럼 미화가 뭔지는 아니?"

앨리스는 자신없는 목소리로 대답했다.

"응. 그건 더 아름답게 만든다는 뜻이잖아."

"어이쿠, 그런데도 추화를 모른다면 넌 바보로구나."

앨리스는 풀이 죽어서 추화에 대해서 더 물어볼 용기가 나지 않았다. 그래서 앨리스는 가짜 거북에게 고개를 돌리고 물었다.

"그리고 또 뭘 배웠어?"

"음, 신비(mystery는 역사history의 말장난―옮긴이) 과목이 있었어."

가짜 거북은 자신의 지느러미 앞발을 꼼지락거리며 과목을 세는 시늉을 했다.

"신비, 고대와 현대, 바다 지리학을 배웠고, 그런 다음엔 느리게 말하기(drawling은 그리기drawing의 말장난―옮긴이)를 배웠어. 느리게 선생은 늙은 붕장어였는데, 일주일에 한 번씩 왔지. 우리에게 느리게 말하기, 뻗기(stretching은 스케치sketching의 말장난―옮긴이), 몸 둘둘 말고 기절하기(Fainting in coils는 유화painting in oils의 말장난―옮긴이)를 가르쳐주었어."

"그건 어떻게 하는 거야?"

앨리스가 물었다.

"글쎄, 내가 시범을 보여줄 수는 없겠는걸. 난 너무 뻣뻣하거든. 그리고 그리폰은 배운 적이 없고 말이야."

가짜 거북은 고개를 흔들었다.

그리폰이 말했다.

"난 시간이 없었어. 하지만 고전 음악 선생에게 배우러 다녔는데,

그는 늙은 게였어."

"나는 그 선생에게 배우지를 못했어. 그는 웃는 것과 슬퍼하는 것을 가르쳤다고 하던데."

한숨을 쉬며 가짜 거북이 탄식했다.

"그랬지, 그랬어."

이번엔 그리폰이 한숨을 쉬며 맞장구를 쳤다. 그리고 둘은 각자 앞발에 얼굴들을 파묻었다.

"하루에 몇 시간이나 수업을 받았니?"

이야기 주제를 바꾸려고 앨리스는 급히 물었다.

"첫날은 열 시간, 다음 날은 아홉 시간, 대충 그랬어."

가짜 거북이 대답했다.

"참 이상한 시간표네!"

앨리스가 말했다.

"그렇게 하루하루 줄어드니까(lessen, 줄어든다는 뜻─옮긴이) 수업(lesson, 발음이 같은 것을 이용해 말장난을 한 것─옮긴이)이지."

그리폰이 단호하게 말했다.

그런 게 수업이라는 생각을 한 번도 해본 적이 없는 앨리스는 곰곰이 생각을 해본 후에 말했다.

"그럼 열한 번째 날은 휴일이겠네?"

"그야 당연하지."

가짜 거북이 말했다.

"그럼 열두 번째 날은 어떻게 지내지?"

앨리스는 너무나 궁금했다.

하지만 그리폰이 단호하게 나섰다.

"수업 이야기는 이 정도로 충분해. 이제 다른 이야기를 해주도록
해."

제 10 장

바닷가재 카드릴

The Lobster-Quadrille

가짜 거북은 깊은 한숨을 쉬고 한쪽 지느러미의 발등으로 두 눈을 가렸다. 그는 앨리스를 쳐다보고 말하려고 했지만 1~2분쯤 목이 메어서 아무 말도 할 수가 없었다.

"목구멍에 뼈라도 걸린 것 같군."

그리폰이 바다거북을 흔들며 등을 팡팡 두들겨주었다. 드디어 말을 할 수 있게 되자, 바다거북은 눈물을 줄줄 흘리며 다시 이야기를 계속했다.

"너는 바닷속에서 살아본 적이 없을 거야."

("맞아, 없어." 앨리스가 대꾸했다.)

"그리고 바닷가재와 인사를 나눈 적도 결코 없겠지."

("먹어본 적은 있어." 하마터면 그렇게 말할 뻔했지만 앨리스는 허둥지둥 대답했다. "없어, 한 번도.")

"그러면 바닷가재 카드릴이 얼마나 재미있는지 알 턱이 없겠구나!"

"맞아, 그런데 그게 어떤 춤인데?"

앨리스가 말했다.

그리폰이 말했다.

"에, 먼저 바닷가에 한 줄로 서서……."

"두 줄이야!"

가짜 거북이 소리쳤다.

"물개들, 거북이들, 연어들 등이 줄을 서는 거야. 그런 다음 해파리들은 모두 걷어내고……."

"그러려면 시간이 좀 걸리지."

그리폰이 참견을 했다.

"─두 번 앞으로 나가서─."

"모두 각자 바닷가재를 하나씩 들어야 해!"

그리폰이 큰 소리로 말했다.

가짜 거북이 대꾸했다.

"당연한 말씀. 두 번 앞으로 나가서 짝을 마주보고……."

그리폰이 뒷말을 이었다.

"바닷가재들을 바꾸지. 그리고 똑같은 순서로 뒤로 물러가는 거야."

가짜 거북이 말을 이었다.

“그런 다음에 집어던진단다.”

그리폰이 공중으로 펄쩍 뛰어오르며 소리쳤다.

“바닷가재들을!”

“바다로 힘껏 내던지는 거야.”

“그런 다음 바닷가재들을 쫓아서 헤엄을 치는 거지!”

그리폰이 외쳤다.

“바닷속에서 재주넘기를 하면서!”

흥분한 가짜 거북이 경중경중 뛰면서 소리쳤다.

“다시 바닷가재들을 바꾸고 말이지!”

그리폰이 높아진 목소리로 외쳤다.

“그러고 나서 다시 뭍으로 돌아온단다. 그리고 다시 처음부터 하는 거야.”

가짜 거북은 갑자기 풀죽은 목소리로 말했다. 내내 미친 듯이 펄쩍펄쩍 뛰던 두 동물은 다시 매우 슬픈 듯이 앉아서 잠자코 앨리스를 쳐다보았다.

“무척 멋진 춤일 것 같아.”

작은 목소리로 앨리스는 말했다.

“조금 보고 싶니?”

가짜 거북이 말했다.

“정말 보고 싶어.”

앨리스가 말했다.

"좋아. 첫부분을 해보자! 가재가 없어도 할 수 있어. 자, 누가 노래를 할래?"

가짜 거북이 그리폰에게 말했다.

"아, 네가 불러. 나는 가사를 잊어버렸어."

그리폰이 말했다.

이제 그들은 빙빙 춤을 추며 앨리스의 주위를 돌았다. 박자에 맞추어 앞발을 흔들면서 가끔 너무 바짝 지나가는 바람에 그들은 앨리스의 발가락을 밟았다. 그동안 가짜 거북은 매우 느리고 구슬프게 노래를 불렀다.

"조금 더 빨리 걷겠니?" 대구가 달팽이에게 말했네.

"바로 뒤에서 돌고래가 내 꼬리를 밟고 있어.

바닷가재들과 거북이들이 얼마나 열심히 앞으로 나가는지 봐!

모두들 자갈 해안에서 기다리잖니.─와서 함께 춤출래?

　그럴래, 않을래, 그럴래, 않을래, 함께 춤출래?

　그럴래, 않을래, 그럴래, 않을래, 함께 춤추지 않을래?"

"넌 얼마나 재미있는지 모르지

그들이 우리를 바닷가재와 함께 바다로 집어던질 때!"

하지만 달팽이는 대답했네. "너무 멀어, 너무 멀어!" 그러면서

　눈을 흘겼네.

　Alice's Adventures in Wonderland

대구에게 고맙지만 함께 춤추지는 않겠다고 말했네.

"안 할래, 할 수 없어, 안 할래, 할 수 없어, 함께 춤추지 않을래.

안 할래, 할 수 없어, 안 할래, 할 수 없어, 함께 춤출 수 없어."

"멀리 가는 게 어때서?" 비늘이 있는 친구가 말했네.

"저 건너편에 또 다른 해안이 있어.

영국에서는 멀고 프랑스에서는 가까워―.

그러니까 겁내지 마, 달팽이 친구야, 함께 춤을 추지고.

그럴래, 않을래, 그럴래, 않을래, 함께 춤출래?

그럴래, 않을래, 그럴래, 않을래, 함께 춤추지 않을래?"

"고마워, 참 재미있는 춤이었어. 대구에 관한 그 별난 노래가 특히 마음에 들어."

앨리스가 말했다. 사실 마침내 춤이 끝나서 앨리스는 무척 기뻤다.

"아, 그래, 대구 말이지. 대구들은 말이야, 참, 그런데 물론 대구는 본 적이 있겠지?"

가짜 거북이 말했다.

"그럼, 종종 식사에―."

앨리스는 급히 입을 다물었다.

"난 식사가 어딘지 몰라. 어쨌든 종종 보았다면, 대구가 어떻게 생겼는지도 잘 알겠구나?"

가짜 거북이 말했다.

앨리스는 신중하게 대답했다.

"그런 것 같아. 꼬리를 입 속에 집어넣고……. 온몸에 빵가루를 뒤집어썼어."

"빵가루는 잘못 알고 있는 거야. 바닷속에서는 빵가루가 다 씻겨져버려. 하지만 꼬리를 입 속에 물고 있기는 해. 왜냐하면……."

이 부분에서 가짜 거북은 하품을 하고 두 눈을 감았다. 그리고 그리폰에게 말했다.

"이 아이에게 그 이유랑 모두 말해줘."

"왜냐하면 대구들은 바닷가재들이랑 함께 춤을 추기 때문이야. 그러다가 바다로 멀리 던져지거든. 멀리 떨어져야만 하지. 그러니까 꼬리를 입 속에 단단히 물고 있는 거야. 그래서 다시 꼬리를 꺼낼 수가 없어. 그게 다야."

그리폰이 설명을 했다.

"고마워. 정말 흥미로운 이야기야. 전에는 대구에 대해서 그렇게 많이 알지 못했어."

앨리스가 말했다.

"네가 원하면, 대구에 대해서 더 많이 말해줄 수 있어. 넌 왜 그들을 대구라고 부르는지 아니?"

그리폰이 물었다.

"그건 한 번도 생각해본 적이 없어. 왜 그렇지?"

"장화랑 구두를 그렇게 만들잖아."(대구는 영어로 whiting이다.
구두에 윤을 낸다는 뜻인 blacking과 대비해서 쓴 말이다—옮긴이)

그리폰이 엄숙하게 말했다.

앨리스는 어리둥절해서 되물었다.

"장화랑 구두를 그렇게 한다고?"

"그럼 넌 네 구두들을 뭘로 그렇게 하니? 뭘로 그렇게 반짝반짝
하게 닦지?"

그리폰이 물었다.

앨리스는 자신의 구두들을 내려다보고, 잠시 생각한 후에 대답했
다.

"까맣게blacking 구두약을 칠해서 윤을 내는 것 같아."

"바닷속에서는 장화랑 구두를 하얗게whiting 해서 윤을 내거든.
이제 알겠지!"

그리폰이 진지하게 말했다.

"그럼 그것들은 뭘로 만들어?"

앨리스는 정말이지 너무나 궁금했다.

"당연히 혀가자미(sole은 혀가자미, 또는 구두 밑창이란 뜻도 있
다—옮긴이)와 장어(eel, 신발 뒤축heel과 발음이 비슷하다—옮긴
이)지."

그리폰은 답답한 듯 덧붙였다.

"그건 작은 새우들도 다 알아."

"내가 대구라면, 돌고래들에게 '뒤로 물러나 줘! 너희와 함께 가고 싶지 않아!' 라고 말했을 텐데."

앨리스는 아직도 그 노래에 대한 생각을 하고 있었다.

"반드시 돌고래와 함께 가야 해. 지혜로운 물고기라면 어디든지 돌고래 없이는 다니지 않아."

가짜 거북이 말했다.

"그럴 리가, 정말이야?"

앨리스가 깜짝 놀라며 물었다.

"물론이고말고. 어떤 물고기가 나에게 와서 여행을 갈 거라고 말하면, 나는 꼭 이렇게 물어봐. 무슨 돌고래하고!"

"'목적' 을 말하는 거 아니지?" (돌고래는 영어로 porpoise인데, 앨리스는 이를 '목적purpose' 이라고 들은 것—옮긴이)

앨리스가 말했다.

"내가 말한 그대로야."

가짜 거북은 화난 목소리로 대꾸했다. 그리폰이 덧붙였다.

"자, 이제 너의 모험담을 들어보자."

앨리스는 조심스럽게 말했다.

"내 모험은 오늘 아침부터 시작됐다고 할 수 있어. 어제 이야기는 아무 소용없어. 어제 난 완전히 다른 사람이었거든."

"모두 설명해봐."

가짜 거북이 말했다.

"안 돼, 안 돼! 모험 이야기가 먼저야. 설명은 시간이 너무 많이 걸린다고."

그리폰이 조급해하며 말했다.

그래서 앨리스는 처음 하얀 토끼를 보았을 때부터 시작된 모험을 이야기하기 시작했다. 처음엔 두 동물들이 눈과 입을 크게 벌린 채 양쪽에 너무 바짝 붙어 있어서 조금 불안했지만, 이야기를 계속할수록 앨리스는 점점 용기가 생겼다. 그들은 앨리스가 쐐기벌레 앞에서 「늙은 아버지 윌리엄」을 완전히 다르게 암송한 부분이 나올 때까지 숨소리도 죽인 채 귀를 기울였다. 그러다가 가짜 거북이 길게 숨을 내쉬며 말했다.

"그건 정말 이상한걸!"

"말할 수 없이 이상해."

그리폰이 맞장구를 쳤다.

가짜 거북이 생각에 잠긴 얼굴로 다시 말했다.

"완전히 달랐단 말이지! 지금 이 아이가 무언가 외우는 걸 들어보고 싶군. 네가 시작하라고 해봐."

가짜 거북은 그리폰이 앨리스에게 명령할 권한이라도 있다고 생각하는지 그리폰을 보며 말했다.

"일어서서 '이건 게으름뱅이의 목소리라네'를 외워봐."

그리폰이 말했다.

'어떻게 동물들이 사람에게 명령을 하고 배운 것을 외워보라고

할 수 있담! 꼭 학교에 있는 것 같잖아.'

앨리스는 생각했다. 그렇지만 앨리스는 일어나서 시를 암송하기 시작했다. 하지만 머릿속으로 바닷가재 카드릴에 대한 상상을 하고 있었으므로, 자신이 무슨 말을 하고 있는지 제대로 의식하지 못했다. 따라서 매우 이상한 단어들이 튀어나왔다.

"이건 바닷가재의 목소리라네. 그는 말했네,
'나를 너무 많이 구웠어. 내 머리에 설탕을 뿌려야지.'
오리가 눈꺼풀로 그러듯이, 그는 코로
자신의 허리띠와 단추들을 매만졌네.
그리고 발가락들을 뒤집었네.
모래사장이 바싹 마르면 그는 종달새처럼 기뻐하며,
스나크를 비웃을 거라네.
하지만 바닷물이 높아지고 스나크들이 몰려오면
그의 목소리는 가늘게 떨리지."

"그건 내가 어릴 때 외웠던 시와는 완전히 다른걸."
그리폰이 말했다.
"난 생전 처음 듣는 시야. 하지만 말도 안 되게 이상하게 들리는군."
가짜 거북이 말했다.

앨리스는 아무 말도 하지 않았다. 앨리스는 주저앉아서 두 손으로 얼굴을 감싸고, 얼마나 더 이상한 일이 일어나려는 것일까 의아하게 생각했다.

"난 설명을 들어봐야겠어."

가짜 거북이 말했다.

"이 애는 설명을 하지 못해. 다음 절이나 들어보자."

그리폰이 재빨리 말했다.

"하지만 발가락들은? 어떻게 코로 발가락들을 뒤집을 수가 있다는 거야?"

가짜 거북이 끈질기게 물었다.

"그건 춤출 때 처음 취하는 자세야."

앨리스는 대꾸했다. 하지만 머릿속이 완전히 뒤죽박죽이어서, 다른 이야기로 화제를 바꾸고 싶었다.

"다음 절을 계속해봐. '나는 그의 정원을 지나쳤지' 부터 시작해."

그리폰이 다시 재촉했다.

완전히 틀린 시가 나올 것임을 뻔히 알면서도 앨리스는 싫다고 말할 용기가 없었다. 그래서 떨리는 목소리로 암송을 하기 시작했다.

"나는 그의 정원을 지나쳤네. 그리고 한눈에 알았다네,

어떻게 부엉이와 표범이 파이 하나를 나누어 먹는지.

표범은 파이 부스러기와 고깃국물과 고기를 차지하고,

부엉이는 자기 몫으로 접시를 가졌지.

파이가 깨끗이 비워졌을 때, 부엉이는

친절하게도 스푼을 가져가도 좋다는 허락을 받았네.

표범은 으르렁거리며 칼과 포크를 받았지.

그리고 연회는 끝났다네—."

"네가 설명을 하지 못한다면 과연 그실 끝까지 외울 필요가 있을까? 정말이지 내가 들어본 시 중에서 가장 이상한 시인걸!"

가짜 거북이 앨리스의 암송을 중단시키며 주장했다.

"그래, 그만하는 게 좋겠다."

그리폰도 고개를 끄덕였다. 앨리스는 그만해도 된다고 생각하니 너무나 기뻤다.

"우리가 또 다른 바닷가재 춤을 보여줄까? 아니면 가짜 거북이가 너에게 또 다른 노래를 불러줄까?"

그리폰이 물었다.

"노래를 듣고 싶어. 가짜 거북이가 불러준다면 말이야."

앨리스가 너무나 간절한 말투로 부탁하자, 그리폰은 조금 기분이 나빠진 듯했다.

"흥! 취향도 별나군! 이봐, 친구, 이 애한테 〈거북이 수프〉를 불러주겠어?"

가짜 거북은 깊은 한숨을 쉰 후 흐느껴서 잠긴 목소리로 노래를 부르기 시작했다.

"아름다운 수프, 기름진 초록빛 수프가

뜨거운 수프 그릇에서 기다리고 있다네.

저렇게 맛있는 음식을 누가 거절할 수 있으랴?

저녁의 수프, 아름다운 수프!

저녁의 수프, 아름다운 수프!

　아르―름다운 수우우―프!

　아르―름다운 수우우―프!

저어―녁의 수우우―프!

　아름다운, 아름다운 수프!"

"아름다운 수프! 어느 누가 생선,

고기, 다른 음식에 눈을 돌릴까?

아름다운 수프를 위해서라면

무엇을 준들 아깝지 않으리?

비록 그 아름다운 수프가 한 푼짜리라도?

　아르―름다운 수우우―프!

　아르―름다운 수우우―프!

저어―녁의 수우우―프!

　아름다운, 아름다운 수프!"

"한 번 더!"

그리폰이 소리치자 가짜 거북은 바로 다시 노래를 부를 준비를 했다. 그때 멀리에서 외침 소리가 들렸다.

"재판 시작!"

"가자!"

그리폰이 소리쳤다. 그리폰은 노래가 끝나기를 기다릴 시간도 없다는 듯이 급히 앨리스의 손을 잡아끌었다.

"무슨 재판을 하는 거야?"

달리면서 앨리스가 물었지만, 그리폰은 더욱 빨리 달리면서 앨리스를 재촉할 뿐이었다.

"자, 서둘러!"

그들 뒤쪽에서 불어오는 산들바람에 실린 구슬픈 노래 소리는 점점 희미하게 멀어졌다.

"저어—녁의 수우우—프,

　아름다운, 아름다운 수프!"

제 11 장

누가 파이를 훔쳤지?

Who Stole the Tarts?

그들이 도착했을 때 하트 왕과 여왕은 옥좌에 앉아 있었다. 그리고 주위에는 온갖 종류의 새들과 짐승들과 한 벌의 카드들이 모여 있었다. 그들 앞에 잭이 사슬에 묶인 채 양쪽에 병사들의 감시를 받으며 서 있었다. 그리고 왕 옆에는 하얀 토끼가 한 손에는 트럼펫을, 다른 한 손에는 양피지 두루마리를 들고 서 있었다. 법정의 한가운데에는 파이가 수북이 쌓인 접시가 놓인 탁자가 있었다. 매우 맛있어 보이는 파이를 보자 앨리스는 배가 무척 고파졌다.

앨리스는 생각했다.

"재판이 끝난 후에 간식으로 나누어주면 얼마나 좋을까."

그러나 그런 일은 일어나지 않을 것 같았으므로, 앨리스는 시간을 보낼 만한 일을 찾기 시작했다.

법정에 와본 것은 처음이지만 책으로 읽은 기억이 있었으므로,

앨리스는 법정 안에 있는 것들의 이름을 거의 맞추면서 기뻐했다.

"저분이 판사야. 저 커다란 가발을 보면 알 수 있어."

앨리스는 중얼거렸다.

그런데 그 판사는 다름 아닌 왕이었다. 왕은 가발 위에 왕관을 썼는데(어떻게 그럴 수 있는지 보고 싶다면 책의 맨 앞장에 실린 그림을 보라), 무척 불편하고 어색해 보였다.

"저건 배심원석이랑 열두 마리의 생물들이지." (그런데 앨리스가 '생물들'이라고 말할 수밖에 없는 것이, 그 열두 마리에는 동물들과 새들이 섞여 있었기 때문이었다.)

"아마 저들이 배심원들인가 봐."

앨리스는 무척이나 자랑스러운 마음에 배심원이라는 말을 두세 번 반복했다. 그도 그럴 것이 앨리스 또래의 소녀들 가운데에서 이 단어의 정확한 의미를 아는 소녀는 거의 없을 것이 확실했기 때문이었다. 하지만 사실 '배심원단'이 더 정확한 표현이었다.

열두 명의 배심원들은 석판에 바쁘게 뭔가를 쓰고 있었다.

"뭘 쓰고 있는 걸까? 재판이 시작될 때까지는 적을 게 없을 텐데 말이야."

앨리스는 그리폰에게 속삭였다.

"자기 이름들을 적는 거야. 재판이 끝나기 전에 이름을 잊어버릴까 봐."

그리폰이 낮은 소리로 대답했다.

"바보들!"

앨리스는 큰 소리로 외쳤다가 황급히 입을 다물었다. 하얀 토끼가 "법정에서 정숙하시오!"라고 소리친데다가 왕이 안경을 쓰고 누가 떠드는지 알아보려고 초조하게 주위를 둘러보았던 것이다.

바로 어깨너머로 내려다본 것은 아니지만, 앨리스는 모든 배심원들이 각자의 석판에다가 '바보들!' 이라고 적고 있음을 알 수가 있었다. 심지어 한 배심원은 '바보'를 어떻게 쓰는지 몰라서 옆자리의 배심원에게 묻고 있었다.

'재판이 끝나기도 전에 석판이 엉망이 되겠구나!'

앨리스는 한심하게 생각했다.

그때 배심원 가운데 하나가 찌익찍 연필 긁히는 소리를 냈다. 앨리스는 더 이상 그냥 있을 수가 없었다. 앨리스는 법정을 빙 돌아서 그 배심원 뒤쪽으로 간 다음, 재빨리 연필을 빼앗아버렸다. 앨리스가 얼마나 빠르게 그 일을 해냈는지 가엾은 작은 배심원(그는 다름 아닌 도마뱀 빌이었다)은 무슨 일이 일어났는지조차 알지 못했다. 그래서 두리번거리며 연필을 찾다가 결국 나머지 시간은 손가락으로 글을 써야만 했다. 그러나 석판에 기록이 남을 리가 없었으므로 손가락으로 쓰는 것은 아무 소용이 없었다.

"해럴드, 고소장을 읽어라."

왕이 말했다.

그러자 하얀 토끼가 트럼펫을 세 번 불고, 두루마리를 펴서 읽어

내려가기 시작했다.

"하트 여왕님이 파이를 만드셨네,

　어느 여름날에.

하트 잭이 그 파이를 훔쳐서

　멀리 달아나버렸네!"

"평결을 내리시오."

왕이 배심원들에게 말했다.

"아직, 아직 아닙니다."

하얀 토끼가 황급히 끼어들었다.

"그전에 해야 할 과정들이 많습니다."

"첫번째 목격자를 불러라."

왕이 말했다. 하얀 토끼는 트럼펫을 세 번 불고, 큰 소리로 외쳤다.

"첫번째 목격자!"

첫번째 목격자는 모자 장수였다. 그는 한 손에는 찻잔을, 다른 손에는 버터 바른 빵 한 조각을 들고 입장했다.

"이런 모습으로 나타나서 죄송합니다, 폐하. 하지만 차를 마시던 중에 나와서요."

모자 장수가 말했다.

"다 마시고 왔어야지. 도대체 차를 언제 마시기 시작했나?"

왕이 물었다.

모자 장수는 뒤따라 들어와서 산쥐와 팔짱을 끼고 서 있는 3월의 토끼를 쳐다보며 말했다.

"아마 3월 14일이었던 것 같습니다."

"15일이었어."

3월의 토끼가 말했다.

"16일이었잖아?"

산쥐가 말했다.

"기록하시오."

왕이 배심원단에게 말했다. 배심원들은 석판에 그 세 날짜를 열심히 적었다. 그런 다음 그 날짜들을 모두 더하고 더한 답을 다시 돈으로 환산해서 적었다.

"모자를 벗어라."

왕이 모자 장수에게 명령했다.

"이 모자는 제 것이 아닙니다."

모자 장수가 말했다.

"훔쳤구나!"

왕은 큰 소리로 이렇게 말하며 배심원단을 돌아보았고, 배심원들은 즉시 그 사실을 기록했다.

"저는 장사꾼입니다. 그러니 제 것은 하나도 없지요. 저는 모자 장수입니다."

모자 장수가 설명을 했다.

그러자 여왕이 안경을 쓰고 모자 장수를 노려보기 시작했고, 모자 장수는 하얗게 질려서 안절부절 못하고 초조해하기 시작했다.

"증언하라. 그리고 겁내지 마라. 안 그러면 너를 당장 처형하겠다."

왕이 말했다.

그러나 그 말은 모자 장수에게 아무 힘도 되지 못했다. 모자 장수는 쉴새없이 두 다리를 떨면서 초조하게 여왕을 쳐다보았고, 너무나 당황한 나머지 찻잔을 빵인 줄 알고 꽉 깨물었다.

바로 그때 앨리스는 매우 이상한 기분을 느꼈는데, 처음엔 어리둥절했지만 곧 왜 그런지 이유를 깨달았다. 몸이 다시 커지고 있었던 것이다. 앨리스는 처음엔 법정을 빠져나가려고 생각했다. 하지만 다시 생각한 끝에 앨리스는 이 공간에 자신의 몸이 머물 수 있는 여유가 있을 때까지는 머물러 있자고 결심했다.

"그렇게 밀지 마. 숨을 쉬기가 힘들잖아."

앨리스 옆에 앉아 있던 산쥐가 불평을 했다.

"나도 어쩔 수가 없어. 내 몸이 자라고 있거든."

앨리스는 나지막이 속삭였다.

"넌 여기에서 자랄 권리가 없어."

산쥐가 말했다.

"엉터리. 너도 꾸준히 자라고 있잖아."

앨리스는 조금 대담하게 말했다.

"그래. 하지만 나는 너처럼 우스꽝스럽게 자라지는 않아. 나는 상식적인 속도로 자란다고."

그렇게 말하고 산쥐는 뾰로통해져서 법정의 맞은편으로 자리를 옮겼다.

그동안 여왕은 내내 모자 장수를 노려보고 있었는데, 산쥐가 자리를 막 옮길 때 법정 경비들 중 한 명에게 명령을 내렸다.

"지난번 음악회 때 참석했던 가수들의 명단을 가져오너라."

그 말을 듣자 불쌍한 모자 장수는 더욱 심하게 몸을 떨었고, 그 바람에 신발 두 짝이 다 벗겨져버렸다.

"증언을 해라."

왕이 화가 나서 다시 명령했다.

"그러지 않으면 네가 겁을 내든 안 내든 상관없이 너를 처형하겠다."

"저는 보잘것없는 사람입니다, 폐하."

모자 장수는 떨리는 목소리로 말을 이었다.

"그리고 차를 마시기 시작한 건…… 일주일이 넘지 않았습니다……. 그리고 무엇 때문에 빵이 이렇게 얄팍해졌는지……, 그리고 반짝거리는twinkling 차(tea, 티로 발음됨―옮긴이)가……."

"뭐가 반짝거린다고?"

왕이 물었다.

"그게 그러니까 차tea에서 시작했거든요."

모자 장수가 대답했다.

"반짝거린다는 단어가 T로 시작되는 것이야 당연하지 않나! 너는 나를 저능아로 아느냐? 계속해라!"

왕이 엄하게 말했다.

모자 장수는 계속해서 말했다.

"저는 보잘것없는 사람입니다, 폐하. 그때 이후로 거의 모든 것들이 반짝거렸습니다. 3월의 토끼 말에 따르면……."

"나는 아무 말도 안 했어."

3월의 토끼가 황급히 모자 장수의 말을 잘랐다.

"했잖아."

모자 장수가 말했다.

"저는 부인합니다."

3월의 토끼가 주장했다.

"부인을 했다. 그 부분은 생략하라."

왕이 말했다.

"저, 어쨌든 산쥐의 말에 따르면……."

모자 장수는 산쥐도 부인을 할까봐 걱정스러운 얼굴로 두리번거렸다. 그러나 산쥐는 깊이 잠들어 있어서 아무것도 부인하지 않았다.

모자 장수는 계속 말했다.

"그 이후로 버터 바른 빵을 조금 더 잘라서……."

"하지만 산쥐가 무슨 말을 했다는 것입니까?"

배심원들 중 한 명이 물었다.

"그건 기억이 나지 않습니다."

모자 장수가 대답했다.

"반드시 기억을 해내라. 그러지 않으면 처형하겠다."

왕이 단호하게 말했다.

불쌍한 모자 장수는 찻잔과 빵을 떨어뜨리고, 한쪽 무릎을 꿇었다.

"저는 보잘것없는 사람입니다, 폐하."

"너는 정말 보잘것없는 증인이로구나."

왕이 말했다.

이때 기니피그 한 마리가 박수를 쳤다가 즉시 법정의 경비들에게 제지를 받았다. (사실 냉정하게 표현을 하자면 이렇다. 병사들은 주둥이를 줄로 묶은 커다란 자루를 갖고 있었다. 그들은 기니피그를 그 자루 속에 거꾸로 집어넣은 다음 그 위에 앉았다.)

앨리스는 생각했다.

'저런 걸 보다니 잘됐지 뭐야. 신문에서 "재판이 끝난 후 약간의 소동이 있었으나 법정 경비들에 의해 즉시 제지를 받았다"라는 기사를 종종 읽었지만, 그게 어떤 건지는 전혀 모르고 있었는데 이제야 알게 됐잖아.'

"네가 아는 게 그것뿐이라면, 이제 그만 증인석에서 내려와도 좋다."

왕이 말했다.

"저는 더 내려갈 데가 없습니다. 바닥에 서 있는뎁쇼."

모자 장수가 말했다.

"그렇다면 앉아도 좋다."

왕이 대꾸했다.

여기에서 다른 기니피그가 박수를 쳤고, 역시 즉시 제지를 받았다.

'좋아. 기니피그들은 더 없어! 이제 진행이 좀더 순조로울 거야!'

앨리스는 생각했다.

"저는 차를 마저 마시고 싶은데요."

모자 장수가 가수들의 명단을 보고 있는 여왕을 불안한 눈길로 쳐다보면서 말했다.

"가도 좋다."

왕이 허락하자 모자 장수는 신발을 신을 틈도 없이 서둘러 법정

을 빠져나갔다.

"밖에서 저놈의 목을 쳐라."

여왕이 법정 경비들 중 한 명에게 말했다. 그러나 경비가 문에 도착하기도 전에 모자 장수는 사라졌다.

"다음 증인을 불러라!"

왕이 말했다.

다음 증인은 공작 부인의 요리사였다. 요리사는 한 손에 후추 상자를 들고 있었다. 앨리스는 요리사가 법정에 들어오기도 전에 벌써 문 옆의 사람들이 동시에 재채기를 하는 모습을 보고 증인이 누구인지 짐작할 수가 있었다.

"증언하라."

왕이 말했다.

"싫어요."

요리사가 말했다.

왕은 근심스럽게 하얀 토끼를 쳐다보았고, 토끼는 나지막이 속삭였다.

"반드시 심문을 해야 할 목격자입니다."

"글쎄, 반드시 그래야만 한다면 해야겠지."

왕은 슬픈 목소리로 대답을 하고, 팔짱을 낀 후 잔뜩 찌푸린 얼굴로 요리사를 보며 물었다.

"파이는 무엇으로 만드느냐?"

“후추죠, 주로.”

요리사가 말했다.

“당밀이야.”

요리사의 뒤쪽에서 졸린 목소리가 대꾸를 했다.

“그 산쥐를 체포해라!”

여왕이 깩깩 소리를 쳤다.

“그 산쥐의 목을 베어라! 법정 밖으로 끌고 나가라! 눌러라! 꼬집어라! 수염을 뽑아버려랏!”

얼마 동안 법정 안은 온통 술렁거렸고, 산쥐가 끌려나간 후에 법정이 다시 진정되었을 때 요리사는 사라지고 없었다.

왕이 크게 안심한 목소리로 선언했다.

“신경 쓸 것 없다! 다음 증인을 불러라.”

그리고 왕은 목소리를 낮추어서 여왕에게 말했다.

“그런데 여보, 다음 증인은 당신이 심문해야만 되겠소. 나는 머리가 너무 아파졌다오.”

앨리스는 하얀 토끼가 두루마리를 만지작거리는 것을 지켜보면서, 다음 증인은 어떨지 매우 궁금해했다.

‘아직 증언이라고 할 만한 것을 별로 듣지 못했으니까 말이야.’

앨리스는 속으로 생각했다. 그런데 놀랍게도, 하얀 토끼가 작고 가느다란 목소리를 한껏 높여서 부른 이름은 ‘앨리스!’ 였다.

제 12 장

앨리스의 증언

Alice's Evidence

"여기 있어요!"

깜짝 놀란 앨리스는 자신이 불과 몇 분 사이에 얼마나 커졌는지를 까맣게 잊어버리고 큰 소리로 대답을 했다. 그리고 벌떡 일어서는 바람에 치마 끝자락으로 배심원석을 뒤집어버렸다. 배심원들이 아래쪽 방청객들의 머리 위로 우르르 넘어졌다. 앨리스는 그 광경을 보고 일주일 전 실수로 둥근 어항을 엎었을 때의 금붕어 모습을 연상했다.

"어머, 정말 죄송해요."

크게 당황한 앨리스는 사과를 하고, 최대한 빨리 배심원들을 주워 올리기 시작했다. 머릿속에서 금붕어 사건이 계속 맴돌았으므로, 빨리 배심원들을 배심원석에 돌려놓지 않으면 그들이 죽고 말 것이라는 희미한 두려움을 떨칠 수가 없었다.

왕이 근엄하게 말했다.

"배심원들이 모두 제자리를 찾아야만 재판을 진행할 수가 있다. 빠짐없이 말이야!"

왕은 앨리스를 노려보며 큰 소리로 같은 말을 반복했다.

앨리스는 배심원석을 쳐다보고 서두르느라고 도마뱀을 머리부터 집어넣었다는 사실을 깨달았다. 불쌍한 작은 도마뱀은 꼼짝하지 못하고 꼬리만 허공에서 처량하게 흔들고 있었다. 앨리스는 즉시 도마뱀을 다시 꺼내서 제대로 집어넣었다. 그러면서 마음속으로 중얼거렸다.

'뭐가 문제람. 거꾸로든 똑바로든 재판엔 별 도움이 안 될 텐데 말이야.'

뒤엎어졌던 충격에서 조금 벗어나고, 석판과 연필들을 다시 손에 쥐게 되자, 배심원들은 매우 부지런하게 사고에 대한 정황 기록에 착수했다. 단지 도마뱀만 너무 큰 충격에서 헤어나지 못하고 입을 헤벌린 채 법정의 천장을 멍하니 응시하고 있었다.

"이 일에 대해서 아는 것이 있느냐?"

왕이 앨리스에게 물었다.

"없습니다."

앨리스가 말했다.

"아무것도?"

왕이 다시 추궁했다.

“아무것도요.”

앨리스가 말했다.

“그건 아주 중요하지.”

배심원석으로 고개를 돌리며, 왕이 말했다. 배심원들이 막 이 말을 석판에 기록하기 시작했을 때, 하얀 토끼가 끼어들었다.

“사소하다는 말씀이겠죠, 폐하, 당연히.”

토끼의 말투는 공손했지만 얼굴은 잔뜩 찡그려져 있었다.

“사소하다는 뜻이지, 물론 그렇고말고.”

왕은 급히 자신의 말을 정정했다. 그렇지만 계속해서 작은 소리로 중얼거렸다.

“중요, 사소, 중요, 사소…….”

어느 단어가 더 듣기 좋은지 시험이라도 하는 것 같았다.

배심원들 중 일부는 ‘중요한’ 이라고 기록을 했고, 일부는 ‘사소한’ 이라고 기록을 했다. 앨리스는 배심원석 바로 옆에 있었으므로 그들의 어깨너머로 기록을 곁눈질할 수가 있었다.

‘뭐라고 쓰든 아무 상관없어.’

앨리스는 혼자 생각했다.

바로 그때 공책에 무언가를 열심히 적고 있던 왕이 소리쳤다.

“조용히!”

그리고 왕은 공책을 읽었다.

“규칙 제42항. 키가 1,500미터 이상 되는 사람은 법정을 떠난다.”

모두가 일제히 앨리스를 쳐다보았다.

"저는 그렇게 크지 않아요."

앨리스가 말했다.

"그렇지 않아."

왕이 말했다.

"거의 3,000미터는 될걸."

여왕이 거들었다.

"어쨌든 저는 떠나지 않을 거예요. 게다가 그건 정식 법률도 아니
에요. 방금 만들었잖아요."

앨리스가 주장했다.

"이건 가장 오래된 규칙이야."

왕이 말했다.

"그렇다면 그게 1항이어야 하잖아요!"

앨리스가 다시 반박했다.

왕은 얼굴이 창백해졌고, 허둥지둥 공책을 덮었다.

왕은 낮고 떨리는 목소리로 배심원들에게 주문했다.

"평결을 내리시오."

"아직 증거가 더 있습니다, 폐하. 이 종이가 방금 발견되었습니
다."

하얀 토끼가 벌떡 일어나며 말했다.

"뭐라고 써 있지?"

여왕이 물었다.

"아직 열어보지 않았습니다만, 죄인이 쓴 편지처럼 보입니다, 누군가에게."

하얀 토끼가 말했다.

"그렇겠지. 만약 아무도 안 쓴 것이 아니라면, 사실 그건 흔한 일이 아니니까."

왕이 말했다.

"누구에게 보낸 겁니까?"

배심원 한 명이 물었다.

"모르겠습니다. 사실, 겉에는 아무것도 적혀 있지 않습니다."

그렇게 말하면서 토끼는 종이를 펴보고 다시 말했다.

"이건 편지가 아닌데요. 시로군요."

"죄인의 필체인가요?"

또 다른 배심원이 물었다.

"아니요, 아닙니다. 이건 정말 이상한데요."

(배심원들은 모두 어리둥절한 표정이 되었다.)

"다른 사람의 필체를 흉내냈겠지."

왕이 말했다. (배심원들의 표정이 다시 환해졌다.)

잭이 호소했다.

"폐하, 제발. 저는 그 편지를 쓰지 않았습니다. 그리고 제가 썼다는 증거도 없습니다. 끝에 서명이 없으니까요."

왕이 단호하게 말했다.

"네가 서명을 하지 않았다면 상황은 더 심각하다. 네가 아무런 흉계도 품지 않았다면 정직한 사람들이 으레 그렇듯이 왜 서명을 하지 않았겠느냐?"

모두들 짝짝짝 박수를 쳤다. 왕이 오늘 처음으로 진짜 똑똑한 소리를 했기 때문이었다.

"저자의 유죄가 입증되었다. 그러니 저자의 목을……."

앨리스는 여왕의 말을 가로막았다.

"입증된 게 하나도 없어요! 당신들은 그 편지에 뭐라고 써 있는지도 모르잖아요!"

"편지를 읽어라!"

왕이 명령했다.

하얀 토끼는 안경을 썼다.

"어디서부터 읽을까요, 폐하?"

왕은 근엄하게 말했다.

"처음부터 시작해서 끝까지 읽어라. 끝까지."

법정 안은 죽은 듯이 조용해졌고, 하얀 토끼는 다음과 같은 시를 읽었다.

"그들이 네가 그녀를 찾아갔고

　　그에게 내 이야기를 했다고 말하더군.

그녀는 나를 좋게 평했지만

　나는 수영은 하지 못한다고 말했다지.

그는 내가 가지 않았다고 그들에게 말했지.

　(우리는 그게 진실이라는 걸 알아.)

그녀가 그 문제를 계속 밀고 나간다면

　너는 어떻게 될까?

나는 그녀에게 하나를 주었고, 그들은 그에게 둘을 주었고,

　너는 우리에게 세 개도 더 주었지.

그들은 그에게서 받은 것을 너에게 모두 돌려주었어,

　그전에는 그것들이 내 것이었는데도 말이야.

만일 나나 그녀가 어쩌다

　이 일에 말려든다 해도

그는 네가 풀어줄 거라고 믿는다네.

　우리를 풀어주었듯이 말이야.

나는 알지

　(그녀가 무섭게 화를 내기 전에)

네가 그와 우리와 그것 사이의

　장애물이라는 것을.

그녀가 그것들을 가장 좋아한다는 것을 그에게 알리지 마.
　이것은 절대
비밀이야. 오직 너와 나만의
　절대 그 누구에게도 알려서는 안 돼."

왕이 두 손을 비비며 선언했다.
"이것이야말로 지금까지 들은 것 중에서 가장 결정적인 증거다.
그러니 이제 배심원들은……."
앨리스가 또 왕의 말을 가로막았다. (앨리스는 몇 분 사이에 엄청
나게 커져 있었고, 따라서 왕의 말을 중단시키는 것이 조금도 두렵
지 않았다.)
"만일 그 시를 설명할 수 있는 배심원이 있다면 그에게 6펜스를
주겠어요. 저는 그 시에 털끝만큼의 의미도 없다고 생각해요."
배심원들은 일제히 석판에 기록을 했다.
'그녀는 털끝만큼의 의미도 없다고 생각한다.'
그러나 아무도 설명을 하겠다고 나서지 않았다.
왕이 말했다.
"만일 이 시에 아무 의미도 없다면, 큰 수고를 덜게 되겠지. 의미
를 찾으려고 애쓸 필요가 없을 테니까 말이야. 그렇지만 그건 아직

모르는 일이지."

왕은 무릎 위에 그 시를 펼친 다음 한 눈으로 훑어보았다.

"어쨌든 내가 보기엔 이 안에 어떤 의미들이 담겨 있는 것 같거든. 어디 '나는 수영은 하지 못한다고 말했다지.' 이 부분을 볼까. 어떤가, 너는 수영을 하지 못하지?"

왕은 잭을 추궁했다.

잭은 울상이 되어 고개를 흔들었다.

"제가 그런 걸 좋아할 것처럼 보이시나요?"

(물론 그는 수영을 좋아할 리가 없었다. 몸이 온통 종이로 만들어졌기 때문이다.)

"좋아, 지금까지는."

왕이 말했다. 그리고 왕은 계속 시를 읽어 나갔다.

"'우리는 그게 진실이라는 걸 알아.' ─이건 배심원이고, 아무렴. '그녀가 그 문제를 계속 밀고 나간다면' ─이것은 여왕을 말하는 것이겠고, '너는 어떻게 될까?' ─오오, 옳거니! '나는 그녀에게 하나를 주고, 그들은 그에게 두 개를 주고' ─흠, 이건 잭이 파이를 처리했다는 얘기가 틀림없군."

"하지만 '그들은 그에게서 받은 것을 너에게 모두 돌려주었어'라는 글이 이어지잖아요."

앨리스가 항변했다.

"흥, 저기 있는 것들?"

왕이 의기양양하게 말하면서, 손가락으로 탁자 위의 파이들을 가리켰다.

"저것보다 더 분명한 증거는 있을 수가 없지. 그럼 다시 짚어볼까? '그녀가 무섭게 화를 내기 전에' 라, 당신은 무섭게 화를 낸 적이 한 번도 없지 않소, 여보?"

왕은 여왕에게 물었다.

"그럼요, 한 번도!"

여왕은 화난 목소리로 대답하며 잉크병을 도마뱀에게 집어던졌다. (불쌍한 작은 도마뱀 빌은 손가락 기록이 아무 소용도 없음을 깨닫고 쓰지 않고 있었다. 그러나 이제 빌은 얼굴에서 똑똑 떨어지는 잉크를 손가락에 찍어서 허둥지둥 다시 쓰기 시작했다.)

왕은 미소 띤 얼굴로 법정을 둘러보며 말했다.

    Alice's Adventures in Wonderland

"그럼 이 말은 당신과 맞지 않군."

침묵이 흘렀다.

"이건 말장난이야!(왕은 'fit'라는 단어를 가지고 말장난을 했다—옮긴이)"

왕이 화난 목소리로 덧붙였고, 법정 안의 모든 사람들은 소리를 내어 웃었다.

"그럼 배심원들은 평결을 내리시오."

왕이 말했다. 벌써 오늘만 스무 번째 하는 말이었나.

"안 돼, 안 돼! 먼저 선고를 내리고, 평결은 나중에 해라."

여왕이 말했다.

"엉터리! 선고를 먼저 내리는 게 어딨어요!"

"입 다물어!"

얼굴이 하얗게 질린 여왕이 소리쳤다.

"안 다물 거예요!"

앨리스가 말했다.

"저 아이의 목을 베어랏!"

여왕이 고래고래 소리쳤다. 그러나 아무도 움직이지 않았다.

"누가 당신 말을 듣는대요? 당신들은 카드장들에 불과해요."

앨리스가 말했다. (이때쯤 앨리스는 커질 대로 커져 있었다.)

그러자 카드들이 모두 공중으로 솟구쳤다가 앨리스를 향해서 쏟아졌다. 앨리스는 겁이 나는 한편 화가 나서 낮은 비명을 지르며 카드들을 후려쳐서 떨어뜨리려고 했다. 문득 눈을 뜨니 앨리스는 언니의 무릎을 베고 강둑에 누워 있었다. 언니는 앨리스의 얼굴 위로 떨어져 내린 낙엽들을 부드럽게 쓸어내고 있었다.

"일어나렴, 앨리스. 무슨 잠을 이렇게 오래 자니!"

"아, 나 정말 이상한 꿈을 꾸었어!"

앨리스가 말했다. 그리고 앨리스는 언니에게 방금 여러분이 읽은 이상한 모험들을 기억나는 대로 이야기해주었다. 앨리스의 이야기를 듣고 난 언니는 앨리스에게 입을 맞추고 말했다.

"정말 이상한 꿈이었구나. 그런데 이제 차를 마시러 달려가야겠다. 늦겠는걸."

앨리스는 벌떡 일어나서 달려갔다. 그리고 달리면서 앨리스는 참 멋진 꿈을 꾸었다고 생각했다.

그러나 앨리스가 달려간 후에도 언니는 조용히 앉아서 한 손에 턱을 괴고 저무는 해를 바라보았다. 언니는 어린 앨리스와 앨리스의 놀라운 모험들을 생각했다. 그러다가 언니는 이제 자신이 꿈을 꾸기 시작했다.

먼저 언니는 동생 앨리스에 대한 꿈을 꾸었다. 이번에도 앨리스는 그 자그마한 두 손으로 언니의 무릎을 꼭 잡고 반짝이는 눈으로 언니의 눈을 바라보고 있었다. 언니는 동생의 목소리를 생생하게 들을 수가 있었다. 그리고 자꾸만 눈을 찌르려고 하는 나풀거리는 머

리카락을 뒤로 넘기느라고 고개를 까딱거리는 그 귀여운 모습도 볼 수가 있었다. 언니는 들을 수 있었다. 아니 들리는 것 같았다. 자신을 둘러싼 세상이 동생의 꿈속에 나왔던 이상한 생물들로 살아 움직이는 것이.

하얀 토끼가 허둥지둥 뛰어가자 긴 풀잎들이 바스락거렸다. 놀란 쥐가 옆의 강물로 풍덩 뛰어들었다. 언니는 산쥐의 친구들이 결코 끝없는 차를 나누어 마시며 찻잔을 달그락거리는 소리와 불쌍한 손님들의 목을 베라고 소리치는 여왕의 날카로운 목소리를 들을 수 있었다. 공작 부인의 무릎에 안긴 아기돼지의 재채기 소리와 그 주위에서 요란한 소리를 내며 깨지는 접시들 소리와, 그리폰의 새된 목소리와 도마뱀의 석판 연필이 끽끽거리는 소리, 그리고 짓눌린 기니피그가 숨이 막혀 캑캑거리는 소리들이 불행한 가짜 거북의 가느다란 흐느낌 소리와 섞여서 허공을 가득 메웠다.

그렇게 언니는 눈을 감은 채 앉아서 자신이 그 이상한 나라에 있다고 반쯤 상상하고 있었다. 그렇지만 언니는 다시 눈을 뜨면 그 모든 것이 다시 지루한 일상으로 바뀌리라는 것을 잘 알고 있었다. 풀잎들은 단지 바람 때문에 바스락거릴 뿐이고, 강물에 일렁이는 잔물결은 갈대들이 흔들리기 때문이었다. 찻잔의 달그락거리는 소리는 양의 목에 매달린 방울이 딸랑거리는 소리로, 여왕의 날카로운 목소리는 양치기 소년의 목소리로 바뀔 터였다. 그리고 아기의 재채기 소리, 그리폰의 새된 목소리, 그 밖의 모든 다른 이상한 소리들이

(너무나 귀에 익숙한) 농장의 바쁜 일상적인 소리들로 바뀔 것이다. 가짜 거북의 흐느낌 소리도 저 너머에서 우는 소의 음매 소리로 바뀔 것이다.

마지막으로 언니는 어린 동생이 훗날 성인이 되었을 때를 상상했다. 어른이 된 동생이 어떻게 지금 같은 단순하고 사랑스러운 동심을 간직할 수 있을지 생각했다. 그리고 다른 어린아이들을 모아놓고 초롱조롱한 눈망울들을 받으며 많은 신기한 이야기들을 들려주는 동생의 모습을 생각했다. 어쩌면 그 이야기들 속에 오래선 동생이 꿈꾼 이상한 나라의 이야기가 들어 있을 수도 있으리라. 그리고 자신의 어린 시절과 행복했던 여름날들을 기억하면서, 동생은 아이들의 단순한 슬픔들을 느끼고, 아이들의 단순한 즐거움 속에 깃들어 있는 기쁨들을 찾아내리라.

이상한 나라의 앨리스

지은이 루이스 캐럴
옮긴이 최인자
펴낸이 김영정

초판 1쇄 펴낸날 2011년 11월 30일
초판 2쇄 펴낸날 2020년 3월 13일

펴낸곳 (주)현대문학
등록번호 제1-452호
주소 06532 서울시 서초구 신반포로 321(잠원동, 미래엔)
전화 02-2017-0280
팩스 02-516-5433
홈페이지 www.hdmh.co.kr

© 2011, 현대문학

ISBN 978-89-7275-567-8 04840
ISBN 978-89-7275-563-0 (세트)

* 책값은 뒤표지에 있습니다.

값 11,000원

9 788972 755678   04840

ISBN 978-89-7275-567-8
ISBN 978-89-7275-563-0(세트)